Isabella Leicht

Mord
mit Bergblick
Ein bayerischer Adventskrimi in 24 Episoden

arsEdition

Isabella Leicht ist in München geboren und lebt mit ihrer Familie in Landsberg am Lech. Sie ist ausgebildete Schauspielerin und war schon in den unterschiedlichsten Rollen im Theater, Film und TV zu sehen. Ihre zweite große berufliche Leidenschaft ist das Schreiben. In den letzten Jahren hat sie unter anderem einige Drehbücher für den Quotenhit *Die Rosenheim-Cops* geschrieben.

1. DEZEMBER

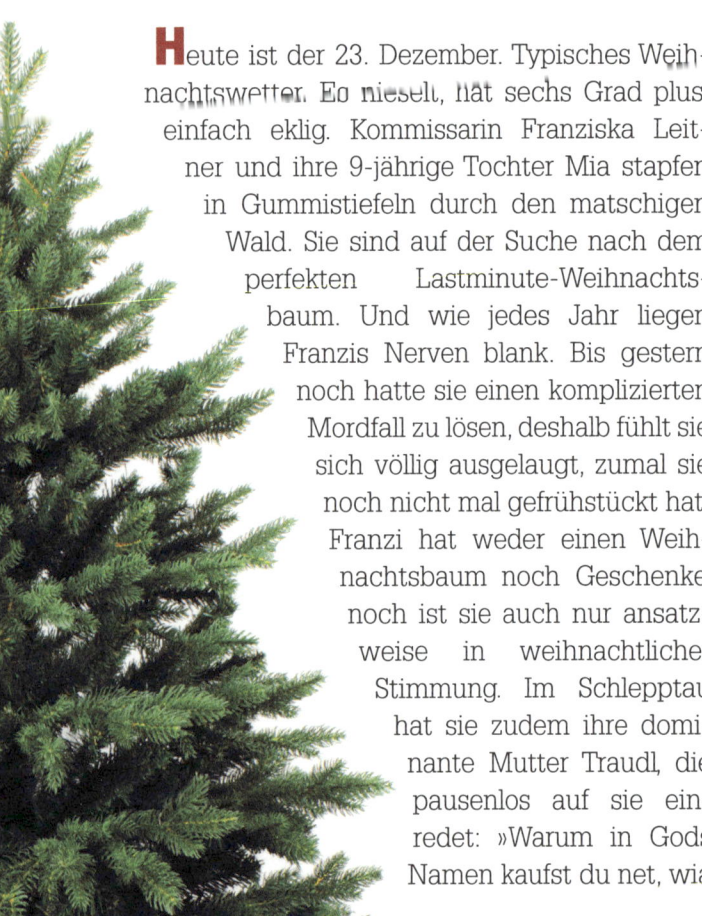

Heute ist der 23. Dezember. Typisches Weihnachtswetter. Es nieselt, hat sechs Grad plus, einfach eklig. Kommissarin Franziska Leitner und ihre 9-jährige Tochter Mia stapfen in Gummistiefeln durch den matschigen Wald. Sie sind auf der Suche nach dem perfekten Lastminute-Weihnachtsbaum. Und wie jedes Jahr liegen Franzis Nerven blank. Bis gestern noch hatte sie einen komplizierten Mordfall zu lösen, deshalb fühlt sie sich völlig ausgelaugt, zumal sie noch nicht mal gefrühstückt hat. Franzi hat weder einen Weihnachtsbaum noch Geschenke, noch ist sie auch nur ansatzweise in weihnachtlicher Stimmung. Im Schlepptau hat sie zudem ihre dominante Mutter Traudl, die pausenlos auf sie einredet: »Warum in Gods Namen kaufst du net, wia jeda normale Mensch, an Bam a Woch vorher in da Stadt ei?« »Weil ich halt keinen gespritzten, gezüchteten Christbaum aus dem Balkan will«, antwortet Franzi. Die Weihnachtsfeiertage verbringt Traudl wie jedes Jahr bei ihrer Tochter Franzi und Enkelin Mia in Hofstetten, einem idyllischen bayerischen Dorf in der Nähe des Ammersees. Jedes Jahr die gleichen Meckereien, kurz vor Weihnachten geht immer dasselbe Drama los.

Am Eingang des Waldgrundstücks hängt ein großes Schild: *Willst du Bio – geh zu Mario.* Der Förster Mario Meierhofer witterte vor ein paar Jahren das große Geschäft und bietet seitdem auf seinem Waldgrundstück natürlich nachgewachsene Bio-Christbäume an. Auch heute laufen die Leute hektisch im Wald umher, um noch einen passenden Christbaum zu ergattern, gutes Gewissen inklusive.

Mia bleibt abrupt vor einer kleinen windschiefen Nordmanntanne stehen. »Mama, schau mal, des is ein schöner Christbaum, den will ich!« »A geh, der Baum da is doch viel z'groß, und greislich ist der auch mit der schiefen Krone«, stoppt Oma Traudl ihre Enkelin. Wie zum Trotz holt Franzi jetzt die mitgebrachte Säge aus dem Rucksack. »Der ist schön, mein Schatz, den nehmen wir.« Sie bückt sich runter zum Stamm, um die Säge anzusetzen. Doch kurz darauf macht Franzi eine grausige Entdeckung: »Des is ja der Jackl!« Unter dem Baum liegt Jakob Gernstl, ein Christbaumverkäufer, der Franzi wohlbekannt ist. Im letzten Jahr hat er noch eine wunderschöne kleine Tanne für sie gefällt. Ein angebissener Apfel liegt in seiner Hand. Vor seinem Mund bildet sich Schaum. Franzi fühlt seinen Puls. Sie spürt nichts, außer ihren eigenen Puls. »Is'a tot?«, fragt Traudl. Franzi nickt und richtet sich auf. »Mia, geh mal bitte ein Stückerl weg!« Die Tochter hüpft davon, ohne vom Toten Notiz zu nehmen. Franzi Leitner ist sich sicher: »Der ist an einer Vergiftung gestorben.« »Hoffentlich hat's nix mit dem Apfe z'doa«, kommentiert Oma Traudl das Ganze. Am Eingang zum Wald-grundstück wurden laut Traudl nämlich Äpfel verteilt. »Die Mia hat auch einen Apfe kriagt.« Ein Schreck fährt Franzi augenblicklich durch die Glieder. »Was?« Franzis panische Blicke schweifen durch den Wald. Dann entdeckt sie ihre Tochter und schreit: »Miaaa!« Sie rennt auf die Tochter zu und reißt sie herum. Zu spät! Mia beißt genau in diesem Moment herzhaft in den Apfel. »Spuck des sofort aus!« Franzi entreißt ihrer Tochter den Apfel und klopft ihre Jackentasche panisch nach ihrem Handy ab. »Einen Arzt, wir brauchen einen Arzt!«, schreit sie ihrer Mutter Traudl zu.

»Ihrer Tochter geht's gut, so wie es aussieht, hat sie keinerlei Vergiftungserscheinungen«, stellt die Klinikärztin Prof. Dr. Bleiziffer fest. Eine hübsche, junge, zarte Frau steht vor Mias Krankenbett. »Eine Klinikchefin hab ich mir irgendwie anders vorgestellt«, denkt Franzi. Die Ärztin macht jedoch einen sehr beruhigenden Eindruck auf sie. Mia sitzt quietschfidel in ihrem Bett. Der angebissene Apfel liegt auf dem Nachtkästchen in einem durchsichtigen Tütchen. Franzi sitzt auf der Bettkante und blickt erleichtert auf ihre Tochter. Langsam lässt der Schock bei ihr nach. Jetzt spürt Franzi, dass sie eine viel zu enge Jeans trägt, die ordentlich kneift. Die Vorweihnachtszeit ist tödlich. Sie hat mal wieder so gut wie keinen Sport in den letzten Wochen gemacht, dafür umso mehr Lebkuchen in sich hineingestopft. Oma Traudl lehnt an einer Schrankwand und schlürft schwarzen Kaffee aus einem Pappbecher. Sie stellt nüchtern fest: »I glab net, dass noch andre Äpfe vergiftet wordn san, sonst wärn da no vui mehr Leichen im Wald rumglegn.« Franzi bittet ihre Mutter, sich vor dem Kind zurückzuhalten. Doch die denkt gar nicht daran. »Warum denn? Die Mia muaß se langsam dran gwöhnen, dass ihre Mama einen Job hod, der mit Mord und Totschlag zu tun hod.« Franzi weist ihre Mutter zurecht: »Mama, bittschön, be-

herrsch dich jetzt!« Prof. Dr. Bleiziffer verabschiedet sich, sie hat offensichtlich keine Lust, Zeugin eines Mutter-Tochter-Konflikts zu sein, geschweige denn hat sie die Zeit dazu. Bevor sie geht, wendet sie sich noch mal an Franzi. »Ihre Tochter sollte auf jeden Fall noch ein paar Stunden zur Beobachtung hierbleiben, dann sind wir auf der sicheren Seite.«

Franzi lässt sich erschöpft auf der Bettkante ihrer Tochter nieder und massiert Mias Füße. Allerdings wirkt das eher beruhigend auf sie selbst als auf ihre Tochter. Das Handy von Franzi vibriert. Frau Hübner, die Sekretärin der Kripo-Leitstelle aus Landsberg am Lech, ist am Apparat. »Grüß Gott, Frau Leitner, Ihr Kollege ist gerade auf dem Kommissariat eingetroffen.« Franzi wundert sich: »Was denn für ein Kollege? Der ist doch seit gestern im Urlaub auf Bali.« »Ein Kommissar aus München springt für ihn ein und steht Ihnen zur Seite im Mordfall Gernstl«, klärt Frau Hübner sie auf, bevor sie abrupt das Telefonat beendet. Noch während sich Franzi liebevoll von ihrer Tochter verabschiedet, keift Traudl: »Typisch, die eigene Tochter liegt in der Klinik und die Mutter hat nur ihren Job im Kopf.« Franzi versucht sie zu stoppen, doch sie hat keine Chance, die Mutter plappert einfach weiter darauf los: »Morgen is Heiligabend und nix is vorbereitet. Es gibt weda an Christbam, noch Geschenke, gar nix.« Mia fängt zu allem Überfluss an zu schluchzen. Franzi ignoriert ihre Mutter Traudl und flüstert ihrer Tochter ins Ohr: »Des kriegen wir alles hin, mein Liebling, ich verspreche dir ein wunderschönes Weihnachtsfest.« Dann gibt sie ihrer Tochter einen dicken Schmatz auf die Stirn und wendet sich an ihre Mutter mit den knappen Worten: »Ich melde mich nachher.« Franzi will das Zimmer verlassen, doch Oma Traudl hält sie auf. »I woaß ja net, ob des wichtig is, aber dieser Apfelverteiler am Eingang vom Christbamverkauf hod se als Krampus verkleidet.« Und ob das wichtig ist! Franzi wird auf einmal hellhörig. Komisch, sie kann sich an keinen Krampus erinnern. Am Eingang war sie wohl zu sehr damit beschäftigt, sich ein paar Zweige auszusuchen, die arglos auf einen Haufen geworfen waren. Sie hat ein paar als Tischdekoration mitgenommen. »Wie hat der Krampus denn genau ausgeschaut?« Traudl zuckt mit den Schultern. »Wia a Krampus halt ausschaut.« Mia richtet sich plötzlich im Krankenbett auf. »Mit Zottelfell und Hörnern und roten Augen und ganz langen Zähnen«, sprudelt es aus ihr heraus. »Danke dir, mein Engel.« Mit diesen Worten verlässt Franzi das Krankenzimmer.

Auf dem Weg zum Parkplatz wird Franzi übel. Plötzlich tauchen Erinnerungen an die eigene Kindheit auf.

Klopft auf d'Nacht der Krampus an d'Tür,
dann wuill er sicherlich zu dir.
Bringt der Franzi nicht das Gute,
sondern haut sie mit der Rute.

★ **2. Dezember** ★

Auf dem Kommissariat in Landsberg am Lech stellt sich Franzi ihrem neuen Kollegen vor: »Servus, ich bin die Leitner Franziska, aber alle nennen mich hier einfach nur Franzi.« Hagen Asmus taucht hinter seinem Laptop auf. »Und ich bin der Hagen Asmus, also einfach nur Hagen, freut mich.« Als Hagen aufsteht, um seiner Kollegin die Hand zu reichen, bellt es unter dem Schreibtisch. Franzi zieht erschrocken die Hand zurück. Sie hat mit Hunden noch nie etwas anfangen können, ist eher der Katzentyp. Hagen deutet unter den Tisch. »Darf ich vorstellen, das ist mein Hund Mistral.« Hagen und Mistral stehen vor Franzi. Die beiden geben ein komisches Bild ab: Er ist lang und dürr mit ausgemergeltem, aber freundlichem Gesicht. Sein Hund ist ebenfalls extrem dünn und zittert am ganzen Körper. Beide machen einen stark unterzuckerten Eindruck. »Sieht aus wie ein Windhund«, denkt Franzi. »Wahrscheinlich heißt er deswegen auch Mistral, so was Blödes.« Natürlich behält Franzi ihre Gedanken für sich. Hund und Herrchen sehen sich verblüffend ähnlich. Beim Anblick der beiden fühlt sich Franzi auf ein-mal noch dicker und noch kleiner, dafür aber schöner. Denn diese zwei sind von jeder Ästhetik weit entfernt. Sie weiß nicht genau, wie lange sie die beiden schon anstarrt, als sie sich plötzlich selber sagen hört: »Du redest ziemlich hochdeutsch für des, dass du aus München kommst.« Hagen erzählt ihr, dass er ursprünglich aus Hannover kommt und sich der Liebe wegen nach München hat versetzen lassen. Franzi versucht sich gerade die Frau an seiner Seite vorzustellen, aber da durchbricht er ihr Bild mit den Worten: »Die Tanja hat mich vor ein paar Tagen verlassen, und da tut ein bisschen Arbeit ganz gut, so kurz vor Weihnachten.«

»Ja dann, legen wir mal los.« Franzi klärt ihren Kollegen über das Opfer auf: »Unser Toter ist der Jakob Gernstl und war angestellt beim Mario Meierhofer, der Bio-Christbäume auf seinem Waldgrundstück verkauft.« Ergänzend fügt sie hinzu: »Wir haben ihn gegen 11.00 Uhr tot im Wald gefunden. Er hat einen angebissenen Apfel in der Hand gehabt, eventuell ist er vergiftet worden.« Franzi erzählt Hagen auch vom Krampus, der am Eingang Äpfel verteilt hat. »Was ist ein Krampus?«, fragt Hagen unwissend nach. Franzi klärt ihn auf: »Der Krampus wird auch Kramperl genannt und taucht bei uns in Bayern in der Adventszeit auf, meistens zusammen mit dem Nikolaus. Allerdings schaut der Krampus nicht grad nett aus. Oft kommt er als behaarte Teufelsgestalt daher mit Ziegenfuß und Hörnern auf dem Kopf. Der Nikolaus bringt den braven Kindern was und der Krampus bestraft die bösen Kinder.« Hagen ist befremdet. »Ganz schön abartig und nicht gerade zeitgemäß.« Franzi entgegnet ihm: »Vielleicht wollte unser Mörder bzw. unsere Mörderin in Gestalt von einem Krampus unser Opfer mit einem vergifteten Apfel bestrafen.« Das gilt es jetzt herauszufinden.

Franzi, Hagen und Hund Mistral machen sich auf den Weg in den Wald zum Tatort.

4. DEZEMBER

Pathologe Daniel taucht am Tatort auf. Er wird von allen nur Vito genannt. Er erinnert nämlich optisch an den Schauspieler Danny doVito. Der Pathologe ist um die 50, kugelrund, sehr klein – also mindestens zehn Zentimeter kleiner als Franzi, vielleicht 1,55 Meter –, er trägt eine schwarze Hornbrille und hat eine Halbglatze mit wirrem, schwarzem Lockenkranz. Vito hat immer ein Dauergrinsen im Gesicht und macht einen auf supercool. Franzi hat ihn noch nie leiden können.

»Servus, Vito!«, begrüßt ihn Franzi im Wald. »Das ist unser neuer Kollege, Hagen Asmus aus München bzw. aus Hannover.« Hagen nickt freundlich und Vito grinst wie immer blöd. »A Nordlicht oiso, i bin der Vito.« Dann legt der Pathologe gleich mal vorwurfsvoll los: »Die Leiche is scho im Wagn, seit's vui z'spat dro.« Franzi erkundigt sich bei Vito: »Hast du schon was für uns?« »Freilich, des Herz vom Gernstl hod so zwischen zehne und elfe aufghört zum schlagn, infolge einer Vergiftung, Selbstmord schließ ich aus.« Franzi wendet sich an ihren Kollegen Hagen: »Ich hab mir gleich gedacht, dass ihn jemand vergiftet hat. Das heißt für uns, Todeszeitpunkt und Tatzeitpunkt stimmen in dem Fall nicht überein.« Vito nickt arrogant zustimmend. »Guad kombiniert, a Alibi

um zehne bringt eich nix.« »Habon Sie denn schon eine Vermutung, um welche Art von Gift es sich handelt?«, will Kommissar Asmus von Vito wissen. »Unser Opfer muaß meines Erachtens a saubere Portion Parathion gschluckt hobn.« »Weißt du schon, ob der Apfel damit manipuliert wurde?«, hakt Franzi nach. »Ich bin Pathologe und koa Hellseher, des is der Job von den Kollegen aus der KTU*.«

Hagen Asmus hatte erst vor Kurzem einen Mordfall mit Parathion in München. Er weiß also genauestens Bescheid über das Gift und klärt Franzi auf: »Flüssiges Parathion ist aus Sicherheitsgründen in der heutigen Zeit gelbbraun gefärbt und wird zudem mit einem stechend knoblauchartigen Geruch aromatisiert.« »I hob scho amoi so an Fall gehabt und nix grochen«, fährt ihm Vito dazwischen. »War aber vor der Franzi ihrer Zeit.«

Noch ehe die Cops was erwidern können, listet Vito auf, wie so eine Vergiftung in der Regel abläuft. »Koa Spaß, erst muaß ma speien, dann hod ma an Dünnschiss, man schwitzt wie ein Schwein, die Muskeln zuckn wia wuild, da Schädel brummt und du kriagst koa Luft mehr …« Franzi stoppt Vito: »Im Mordfall bringt uns das grad nicht weiter.« Vito schaut daraufhin beleidigt drein, er hätte offensichtlich gerne noch weitere eklige Nebenwirkungen aufgezählt. Kommissar Hagen wendet sich wieder an Franzi: »Das Gift Parathion wird im Volksmund auch Schwiegermuttergift genannt. Der Name geht zurück auf einen ganz bestimmten Fall, der sich bereits 1952 ereignete. Da hat eine Frau eigentlich die Nachbarin mit Pralinen vergiften wollen, aber erwischt hat es dann durch einen blöden Zufall die Schwiegermutter.« Vito reagiert nicht im Geringsten auf Hagens Geschichte, vielmehr bemerkt er, wie Hagens Hund Mistral gerade dabei ist, die kleine Blautanne zu markieren. »Wär ganz guad, wenn dei Hund net irgendwelche Beweisspuren vollbieselt.« Hagen pfeift Mistral sogleich zurück und redet dann weiter: »Das Pflanzenschutzmittel Parathion ist in der EU schon länger verboten. Man kommt da gar nicht so leicht ran.« »Im Darknet gibt's nix, was net gibt«, fährt Vito Hagen erneut über den Mund. »Halt doch bitte mal die Klappe!«, weist ihn Franzi zurecht. Endlich zieht Vito beleidigt ab.

Kurz darauf taucht Steffi Schäfer von der Spurensicherung auf. Steffi ist schon immer Franzis Lieblingskollegin. Sie ist bereits im Rentenalter, aber noch wahnsinnig attraktiv mit ihrem silbernen Kurzhaarschnitt. Außerdem ist sie so was von auf Zack und strotzt nur so vor Energie. »Servus, bin die Steffi«, stellt sie sich bei Hagen Asmus vor. »Und ich der Hagen, freut mich.« Dann legt sie auch schon los: »Eine Zeugin hat mir erzählt, dass unser Opfer sich so gegen zehn in den Wald reingeschleppt hat. Unterwegs hat der Gernstl sich immer wieder übergeben müssen.« Franzi zeigt auf die kleine Blautanne: »Bei dem Baum da ist er dann zusammengebrochen, da hab ich ihn heut früh gefunden.« »Hat irgendjemand gesehen, in welche Richtung dieser Krampus das Gelände verlassen hat?«, will Hagen Asmus noch von Steffi wissen. »Die Zeugenbefragungen sind noch im Gange, bisher gibt's keinerlei konkrete Hinweise.« Wie aus dem Nichts hört Franzi plötzlich ein lautes Bersten, sie blickt nach oben. Eine Baumkrone bewegt sich langsam, aber zielsicher auf sie zu. »Zefix!« Im letzten Moment reißt sie Hagen Asmus zur Seite. Dann hört man nur noch ein lautes Krachen.

(*KTU = Kriminaltechnische Untersuchung)

★ **4. Dezember** ★

5. DEZEMBER

»Sind Sie verrückt, Sie hätten uns fast umgebracht!«, schreit Franzi. »I hob scho aufpasst, aber des is hier mein Job: Bäume fällen.« Förster Mario Meierhofer, der Chef des Christbaumverkaufs, baut sich vor den Cops auf. »Heit is der letzte Tag vorm Heiligen Abend, da kumma die Leit, die jeden Bam zu jedem Preis kaufn.« »Unser Job ist es, hier einen Mord aufzuklären!«, fährt Kommissar Asmus Meierhofer an. Seine Stimme überschlägt sich fast. Das scheint Hagen auch selber zu merken. Deshalb atmet er einmal tief ein und aus und fährt dann fort: »Wann haben Sie denn Ihren Angestellten, den Jakob Gernstl, das letzte Mal lebendig gesehen?« Meierhofer runzelt die Stirn. »Heit in der Friah so gegen acht, vorn am Eingang. Der Jackl hod beim Aufbau von einem Glühweinstandl geholfen.« »Wo waren Sie dann zwischen acht und halb elf Uhr?«

»I war ganz dahinten im Wald drin und hob Bäume für meine Kunden gfällt. Erst als sie den Jackl weggfahren ham, hob i mitkriagt, wos überhaupt passiert is.« Der Kommissar bohrt nach: »Heute früh hat jemand als Krampus verkleidet hier auf dem Gelände Äpfel verschenkt.« Meierhofer zuckt mit den Schultern. »Haben Sie eine Ahnung, wer das war?«, will er jetzt mit Nachdruck wissen. Meierhofer zuckt erneut mit den Schultern. Wechselnde Bauern aus der Nachbarschaft haben in den letzten Jahren bei ihm täglich Äpfel in der Vorweihnachtszeit an die Kunden verteilt. »Anschließend haben's dann ihren warmen Apfelmost und Apfelsaft da vorn verkauft.« Die Kommissare erfahren von Meierhofer, dass Jakob Gernstl sich um die ganze Organisation drum herum in der Adventszeit gekümmert hat. »Des ganze Tohuwabohu hod ma net so taugt.« Jakob Gernstl war laut Meierhofer ein guter Geschäftsmann und hat den Umsatz in den letzten Jahren erheblich in die Höhe getrieben. »Mia zwoa san guad z'recht kumma.«

Hagen Asmus verlangt die Adressen der angrenzenden Apfelbauern aus der Umgebung, doch Mario Meierhofer lacht nur laut auf, während er sich unangenehm feucht räuspert. »Adressen hob i koane, da muaßt einfach hingehn, jeda zwoate Nachbar baut hier Äpfe o.« »Hat Ihr Kollege irgendwelche Feinde gehabt?«, hakt Franzi nach. »Mit seiner Frau, der Gernstl Anna, da hat's a paarmal kracht.« Mehr will Meierhofer dazu nicht sagen, die Beziehungsprobleme von anderen Leuten interessieren ihn nämlich nicht. »Wann macht's ihr eigentlich die ganzen rot-weißen Bandl wieder weg? Ihr versaut's mir nämlich mei ganzes Weihnachtsgeschäft.« Kommissar Asmus hat jetzt endgültig genug. »Hier geht es um Mord! Das sind Absperrbänder, und wenn die Kollegen von der Spurensicherung ihre Arbeit gemacht haben, wird der Christbaumverkauf für die Kunden wieder freigegeben. Basta!« Meierhofer setzt eine Kettensäge an einer Fichte an. »Wenn die Herrschaften nix dagegen ham, dann dat i mi jetzt wieder meine Bam widmen.« Ohne eine Antwort abzuwarten, schmeißt Meierhofer demonstrativ seine Kettensäge an. Ein ohrenbetäubendes Geräusch schallt augenblicklich durch den Wald. »Sie halten sich bittschön jederzeit bereit für weitere Fragen!«, schreit Franzi. Die beiden Cops entfernen sich. Nur weg von dem Lärm! »Ein unangenehmer Typ«, stellt Hagen fest. »Nur leider kein Motiv«, resümiert Franzi.

6. DEZEMBER

»Schaut's mal, was wir da drüben im Wald gefunden haben.« Steffi Schäfer stellt einen Weidenkorb auf den Boden. »Irgendjemand hat den Korb zerlegt und in einen verlassenen Fuchsbau gestopft, aber die Kollegen haben ihn trotzdem gefunden«, informiert sie mit Stolz Franzi und Hagen. »Ein paar Äpfel waren auch noch drin.« »Habt ihr zufällig auch ein Krampuskostüm gefunden?«, will Hagen Asmus von Steffi wissen. »Leider nein, aber am Korb haben wir Fasern von einem Fell gefunden.« Sie hebt ein durchsichtiges Tütchen hoch, indem sich einige weiße, dreckige Fellreste befinden. »Könnten vom Krampuskostüm stammen«, stellt Franzi fest und beauftragt Steffi, Korb, Fellreste und Äpfel in die KTU zu bringen. »Eventuell finden die Kollegen ja Hautschüppchen oder Ähnliches, die zur Täterin oder zum Täter führen. Außerdem will ich wissen, ob vielleicht weitere Äpfel vergiftet worden sind.« »Hat denn irgendjemand ein Foto von diesem Krampus gemacht?«, will Kommissar Hagen noch wissen. Steffi zuckt mit den Schultern. Noch während Hagen diese Worte ausspricht, fällt Franzi ein, dass ihre Mutter Traudl am Eingang mit ihrem Handy Mia fotografiert hat. Sofort schickt Franzi ihrer Mutter eine Nachricht und bittet sie, ihr möglichst schnell sämtliche Bilder von heute Morgen weiterzuleiten.

»Haben Sie zufällig schon herausbekommen, welcher Bauer heute früh hier auf dem Gelände Äpfel verteilt hat?«, fragt Hagen Steffi. Die gibt ihm eine Adresse von einem Apfelbauern namens Schedlbauer, der in diesem Jahr den Zuschlag von Gernstl bekommen hat. »Angeblich war der aber heute gar nicht hier auf dem Gelände«, so Steffi. »Wurscht«, antwortet Franzi und schnappt sich die Adresse. Sie will sich sogleich auf den Weg zu dem besagten Bauern machen. »Vielleicht weiß der ja trotzdem, wer heute unter dem Krampuskostüm gesteckt hat.« »Und wer von euch fährt zur Anna Gernstl und sagt ihr, dass ihr Ehemann tot ist?«, will Steffi von den Cops wissen. Franzi schaut Hagen an und macht ihm einen Vorschlag: »Ich zum Bauer, du zur Ehefrau?« Hagen Asmus wird auf einmal kreidebleich und stottert: »Äh, wenn's sein muss …« Franzi kapiert sofort, was los ist, und will ihren Kollegen nicht brüskieren. »Ich zur Ehefrau, du zum Bauer, okay?« Die Farbe in Hagens Gesicht scheint augenblicklich wieder zurückzukommen. Erleichtert antwortet er: »Ich mach mich gleich mal auf den Weg zu diesem Apfel-Schedlbauer, wir sehen uns auf dem Kommissariat, okay?« Auch Mistral scheint es verstanden zu haben, er lässt ein hohes, lang gezogenes Jaulen los, und schon laufen Herrchen und Hund Richtung Parkplatz.

Bevor Franzi losfährt, ruft sie noch die Sekretärin auf dem Kommissariat an. »Frau Hübner, hier ist die Franzi, bitte schauen Sie doch mal, was Sie alles über den Jakob Gernstl und die Ehefrau rausfinden, das übliche Prozedere, Testament anfordern, Ehevertrag checken, Kontoauszüge durchforsten usw.« »Bin quasi schon dabei«, antwortet die Sekretärin knapp. Frau Hübner spricht von Haus aus immer nur das Nötigste, aber das gefällt Franzi. »Bis später, Frau Hübner.« Mit einem knappen »Ja« verabschiedet sich die Sekretärin und legt auf.

Auf dem Display von Franzi ploppen mehrere Fotos auf, die ihre Mutter Traudl ihr geschickt hat. Franzi kann auf einem Foto besagten Krampus ganz deutlich erkennen. Ihre Tochter hat ihn wirklich sehr treffend beschrieben: weißgraues Zottelhaar, eine Maske mit blutunterlaufenen Augen, lange, spitze Zähne und Stierhörner. »Wie aus einem schlechten Splatterfilm«, sagt Franzi leise zu sich selbst. Ihr wird klar: »Wenn da wirklich der Mörder oder die Mörderin druntersteckt, dann ist es der blanke Horror.« Franzi markiert das Bild mit dem Krampus und drückt

★ **6. Dezember** ★

Kommissar Hagen Asmus öffnet die Türe seines roten Fiat 500. Wie von der Tarantel gestochen springt Mistral aus dem Auto und rennt über eine weite Wiese mit Apfelbäumen. Im Hintergrund eröffnet sich ein sagenhafter Bergblick. Noch bevor Hagen aus dem Auto steigen kann, erscheint das Krampusbild auf dem Display seines Handys. Schon bei seiner Betrachtung wird Hagen mulmig. »Komische Bräuche haben die Menschen hier in Bayern«, denkt er. »Ko i irgendwie behilflich sei?«, fährt ihn auf einmal eine unfreundliche Stimme an. Hagen zuckt vor Schreck zusammen. Vor seiner Autotür hat sich ein Bauer aufgebaut, in der Hand hält er eine lange Mistgabel. »Sind Sie Herr Schedlbauer?« Der Bauer geht nicht auf die Frage des Kommissars ein, son-

dern schnäuzt sich erst mal kräftig in ein vergilbtes Stofftaschentuch. »Gegenfrage, is des Ihr Köter, der da drüben rumrennt und grad auf mei Wiesn scheißt?« Kommissar Asmus zückt jetzt seinen Kripoausweis. »Ja, das ist mein Hund, ich ermittle in einem Mordfall.« Hagen Asmus entschuldigt sich kurz, läuft zu Mistral und seinem Häufchen und lässt das dünne Hundewürstchen geschickt in einem roten, durchsichtigen Tütchen verschwinden. Dann kommt er wieder zurück und zeigt dem Bauern das Foto vom Krampus. »Herr Schedlbauer, haben Sie heute früh Äpfel bei Mario Meierhofer verteilt?« »Hob i net, weil i an sakrischen Schnupfen hob.« Wie zum Beweis schnäuzt sich Schedlbauer daraufhin noch einmal. »I hob aber gestern auf d'Nacht noch a Mail an den Gernstl gschriebn, dass i krank bin und heut nicht komm, er hat mia sogar noch ein Okay gschickt.« »Wann kam das Okay zurück?« »Sofort, also so gegen 23 Uhr. Is was mit dem Gernstl?« Hagen Asmus atmet einmal tief ein und wieder aus, bevor er antworten kann. Das hat ihm seine Yogalehrerin beigebracht. »Jakob Gernstl ist tot – so wie es aussieht, ist er vergiftet worden.« »Mord!« Schedlbauer zuckt zusammen und starrt ins Leere. »Der Gernstl war so a netter Kerl, wer macht'n so was?« Daraufhin zieht Kommissar Asmus einen Apfel aus der Tasche. »Jakob Gernstl hat kurz vor seinem Tod so einen Apfel gegessen, und meine Aufgabe ist es jetzt, herauszufinden, wer diese Äpfel verteilt hat.« Asmus will von Schedlbauer wissen, ob er eine Ahnung hat, wer hier in dieser Region diese Apfelsorte anbaut. Der Bauer schnappt sich den Apfel, hält ihn gegen das Licht, fühlt seine Festigkeit und schnuppert schließlich daran. »Eindeutig Braeburn.« Schedlbauer ist sich sicher, rund um den Ammersee werden keine Braeburn-Äpfel angebaut. »I leg mei Hand dafür ins Feuer, dass der Apfe net von do is, sondern aus'm Supermarkt.«

Kurz darauf läuft Schedlbauer zu einem kleinen Schuppen und kommt mit einem Korb voller Äpfel zurück. »Nimm dir einen und beiß amoi nei, dann waoßt, wia a bairischer Apfe vom Ammersee schmeckt.« Kommissar Asmus erfährt, dass es sich hier um den Geflammten Kardinal, eine alte Apfelsorte, handelt. Noch bevor er feststellen kann, ob ihm der Apfel schmeckt, hält ihm Schedlbauer einen Vortrag. Diese Apfelsorte hätte einen hohen Polyphenol-Gehalt und würde das Risiko von Darmkrebs und Herzkreislauferkrankungen senken. »I gib dir a paar mit, weil du schaugst scho recht blass und ungsund aus, wenn i des so sagn derf« Und noch ehe Kommissar Asmus etwas erwidern kann, öffnet Schedlbauer ungefragt den Kofferraum des Fiat 500 und schüttet die Äpfel hinein. »Wissen Sie, ob jemand hier in der Region ein Krampuskostüm besitzt?«, will Hagen Asmus von Schedlbauer wissen. »Naa, warum?« »Weil der Apfelverteiler heute früh eines getragen hat.« Schedlbauer schaut ungläubig. »Komisch, i hob mi imma als Nikolaus verkleidet, wenn i Äpfel beim Meierhofer verteilt hob, Anweisung vom Gernstl.« Plötzlich hört Hagen Asmus ein ohrenbetäubendes Muhen und kurz darauf ein lang gezogenes, angsterfülltes Jaulen. Das Gejaule kommt aus einem nahe gelegenen Stall. »Mistraaal!«, schreit Hagen. Ihm ist klar, so jault er nur, wenn ihm allerhöchste Gefahr droht. Ha-

8. DEZEMBER

Hagen Asmus steht im Stall von Schedlbauer. Der Kommissar sieht nur das Hinterteil einer gewaltigen, schwarz-weiß gefleckten Kuh, die schnaubt und scharrt. Mistral hat sich mittlerweile platt an die Stallwand gedrückt und ähnelt mehr einem Hunderelief als einem lebendigen Hund. »Ella, hörst auf, der duad da doch nix!«, versucht Schedlbauer seine Kuh zu beruhigen. »Alles gut, Mistral«, flüstert Hagen durch die Beine der Kuh seinem Hund zu. »Die Ella mog koane Katzen«, flüstert jetzt auch Schedlbauer. »Aber Mistral ist doch keine Katze!«, empört sich jetzt Hagen. »Scho klar, aber jetzt aa koa richtiger Hund, oiso zumindest für die Ella net«, gibt der Bauer kleinlaut zu bedenken. Das Ganze soll wohl eine Entschuldigung sein, aber Hagen Asmus empfindet es als bodenlose Frechheit. Schedlbauer krault beruhigend eine Pobacke seiner Kuh. Die scheint es zu genießen und lässt langsam von Mistral ab, der sich nach und nach von der Wand löst und lautlos zu seinem Herrchen schleicht. Hagen nimmt seinen zitternden Hund auf den Arm und beruhigt ihn. Seine Stimme wird dabei ganz hoch, als würde er mit einem Baby sprechen: »Mistral-Schatzi, alles gut.«

Nachdem der Kommissar Mistral sanft auf die Rückbank seines Autos gesetzt und die Türe verschlossen hat, blickt er sich um. Kuh Ella hat in der Zwischenzeit den Stall verlassen und frisst ein paar Grasreste, die sie findet. Noch nie in seinem Leben hat Hagen Asmus so eine Riesenkuh gesehen. Schedlbauer kommt auf ihn zu, stemmt die Arme in die Seite und sagt stolz: »Die Ella is a waschechte Holsteiner Kuah.« Hagen Asmus macht ein verdutztes Gesicht. »Eine Kuh aus Holstein in Bayern?« Schedlbauer muss herzlich lachen. »Gibt's hier aa selten, aber mei Nachbar is a angsagter Züchter. Die Ella is eahm allerdings a bisserl z'groß geraten und passt in koan gewöhnlichen Stall nei, deswegen hab ich sie gnommen.« »Sehr großzügig von Ihnen«, kommentiert Hagen trocken. »Ja, bei mia derf's wachsen, so vui s'mog, und aa so oid werdn wia's mog. Außerdem derf's aa im Winter naus und aa amoi im Schnee scharren, des mog's bsonders gern, ge Ella.« Als ob sie es verstehen würde, muht Ella lautstark. Hagen zuckt zusammen und starrt Ella an. Fast hätte er vergessen, warum er eigentlich da ist.

»Was mach ma jetzt im Mordfall Gernstl?«, will Schedlbauer wissen. »Das lassen Sie mal schön unsere Sorge sein. Später kommt noch eine Kollegin vorbei und nimmt Fingerabdrücke.« »I war's fei net!« »Reine Routine«, so Asmus. Bevor der Kommissar geht, muss er Schedlbauer noch die obligatorische Frage stellen: »Wo waren Sie heute früh von 8 bis 10 Uhr?« »Da war i no im Bett, wegen meiner Erkältung.« »Alleine?« »Ja leider, i bin Single.« Schedlbauer hat kein Alibi, aber bis jetzt auch kein Motiv. Zum Abschied drückt ihm der Kommissar noch eine Visitenkarte in die Hand. »Falls Ihnen noch was einfällt, Sie können mich jederzeit anrufen.«

Hagen Asmus steigt in sein Auto und schnallt Mistral auf der Rückbank an. Er musste bereits früher einmal 30 Euro Bußgeld zahlen, weil Mistral nicht angemessen gesichert war.

Die beiden brausen davon. Auf der Schotterstraße wackeln die Köpfe von Hund und Herrchen synchron. Ein komisches Bild. Schedlbauer blickt ihnen kopfschüttelnd hinterher und schnäuzt sich zum Abschied laut trompetend in sein feuchtes Stofftaschentuch.

Während der Autofahrt ruft Kommissar Hagen auf dem Kommissariat an. Die Sekretärin meldet sich. »Hübner?« Hagen bittet sie, sämtliche Supermärkte und Tante-Emma-Läden in der Region anzurufen. »Bitte finden Sie heraus, ob irgendjemand in letzter Zeit Braeburn-Äpfel im großen Stil eingekauft hat ... Frau Hübner, sind Sie noch dran?« Die Sekretärin will wissen, ob es das war. »Vielen Dank, fürs Erste ja, auf Wiederhören«, so Asmus. *Klick.* Er dachte, dass er aufgelegt hat. Diese Freisprechanlage im Auto ist aber leider seit jeher ein Mysterium und hat ihr Eigenleben. Anscheinend dachte auch Frau Hübner, dass Hagen Asmus nicht mehr in der Leitung ist. Und so muss Hagen folgenden Kommentar von der sonst so wortkargen Frau Hübner mitanhören, den sie anscheinend an die Kollegen auf dem Kommissariat richtet. »Dieser Aushilfskommissar aus'm Norden ist so ein Volldepp!« Erneut drückt Asmus energisch auf den Button *Gespräch beenden.* Dieses Mal klappt es.
Hagen Asmus beschleicht auf einmal das Gefühl, dass er es als Zugereister in München wesentlich einfacher hatte als hier auf dem Land.

★ **8. Dezember** ★

9. DEZEMBER

Franzi steigt aus ihrem grünen, verbeulten Opel Kadett und staunt nicht schlecht. Hier wohnt bzw. wohnte also Anna Gernstl mit ihrem Ehemann Jakob Gernstl. Franzis Aufgabe ist es jetzt, der Ehefrau Anna Gernstl beizubringen, dass von nun an nur noch sie alleine dort wohnen wird. Die Kommissarin steht vor einem kleinen, schmucken Grundstück. Das Haus darauf sieht nicht protzig aus, eher so im Shabby Chic – viel Holz, viel Glas, viel Grün. Ein wunderschöner Garten mit Wiesenblumen und Insektenhaus. Vom Garten aus führt ein direkter Steg auf den Ammersee. Im Hintergrund sieht man die Alpenkette und die Zugspitze. »Dieses Grundstück muss allein schon wegen der Lage ein Vermögen wert sein«, denkt Franzi. Sie selbst wohnt zurzeit mit ihrer Tochter zur Miete in einer 55-Quadratmeter-Wohnung mit kleinem Garten, nicht weit von hier. Nur leider liegt ihre Wohnung an der Bundesstraße und nicht am See. Ihre Vermieterin hat ihr vor ein paar Wochen die Wohnung zum Kauf für 470 000 Euro angeboten. Franzi lehnte das Angebot dankend ab.

Bevor Franzi den Klingelknopf drückt, zupft sie noch ihren Trenchcoat zurecht und steckt die langen, aschblonden Haare mit einer Klammer fest. Durch das offene Fenster ihres Autos hört sie auf einmal ihr Handy klingeln: *Sexbomb, sexbomb, you're my sexbomb*, ertönt es lautstark. Franzi hat vor einer Woche eine Wette gegen ihre beste Freundin Petra verloren. Der Wetteinsatz war für 365 Tage ein superpeinlicher Klingelton auf dem Handy, den jeweils die andere aussuchen durfte. »Franzi Leitner?« Frau Hübner ist am Telefon und teilt ihr mit, dass im Geldbeutel des Opfers eine Hotelrechnung über 750 Euro gefunden wurde. Die Rechnung ist erst ein paar Tage alt. »Vom Schlosshotel am Starnberger See, Champagner und Rosen wurden wie's ausschaut auch aufs Zimmer bestellt.« Franzi bedankt sich für die Info und beendet das Telefonat. Eine Affäre liegt für sie klar auf der Hand. »Kein Ehemann bestellt Rosen und Champagner für seine Ehefrau und übernachtet mit ihr einen Ort weiter im Hotel«, denkt sie. Vielleicht hat Anna Gernstl Wind von der Affäre bekommen. Sofort holen Franzi Bilder aus der eigenen Vergangenheit ein.

Vor fünf Jahren erwischte sie ihren damaligen Freund und Papa ihrer Tochter Mia mit der Nachbarin in flagranti. Im eigenen Schlafzimmer lagen sie in ihrer Lieblingsbettwä-

sche. Eigentlich wäre Franzi damals auf einer Fortbildung in Berlin gewesen, die aber kurzfristig gecancelt wurde. Sie konnte sich nur noch erinnern, dass sie damals in den Garten gelaufen war und wenig später mit einer Axt im Schlafzimmer stand. Seitdem weiß sie, wie schmal der Grat zwischen Liebe und Hass ist. Wie schnell man zur Mörderin werden kann. Natürlich schlug sie an jenem Tag nicht zu.

»Wollen Sie zu mir?« Anna Gernstl steht mit einer Gießkanne an der Gartentüre. Franzi zeigt der Ehefrau ihren Dienstausweis. »Franziska Leitner von der Kriminalpolizei aus Landsberg am Lech, sind Sie Anna Gernstl?« Die Ehefrau wird blass. »Is was passiert? Mit meinem Jackl?« Franzi nickt. »Darf ich kurz reinkommen?«

★ **9. Dezember** ★

10. DEZEMBER

»Vergiftet? Wer macht'n so was?« Anna Gernstl steht am Fenster in ihrer Küche und blickt in die Ferne auf den Ammersee. Sie wirkt apathisch, hat offensichtlich einen Schock. Franzi sitzt am Küchentisch und versucht die Mimik und Gestik der Ehefrau des Opfers zu deuten.

Anna Gernstl ist eine Frau Mitte dreißig, hat blond gelocktes, kinnlanges Haar, ist klein und kräftig und hat unreine Haut. »Wann haben Sie denn Ihren Mann zuletzt gesehen?«, fragt Franzi. »Heut früh um sieben haben wir noch zusammen Kaffee getrunken und Butterbrezen gegessen, kurz darauf is er los.« Alles war angeblich wie immer, der übliche Vorweihnachtsstress beim Christbaumverkauf. »Hat Ihr Mann Feinde gehabt?« Anna Gernstl schüttelt den Kopf. »Zwischen Ihnen und Ihrem Mann soll es in letzter Zeit öfter mal gekracht haben«, konfrontiert Franzi nun die Ehefrau. Anna Gernstl will wissen, wer so was in die Welt setzt. »Mario Meierhofer«, sagt Franzi knapp. Die Ehefrau schüttelt erneut den Kopf, ein sarkastisches Lachen entweicht ihr. »Ausgerechnet der Meierhofer Mario, der alte Depp.« »Haben Sie gewusst, dass Ihr Mann eine Affäre gehabt hat?« Anna Gernstl nickt. Franzi ist es langsam leid, dass sie der Ehefrau alles aus der Nase ziehen muss. »Könnten Sie mir eventuell auch sagen, mit wem er was hatte?« Anna Gernstl steht auf und lässt ein großes Glas mit Leitungswasser volllaufen. Nachdem sie das halbe Glas auf einen Zug geleert hat, antwortet sie. »Mit der Meierhofer Eva, der alten Schlampn.« Franzi kann es nicht fassen: »Ihr Mann hatte eine Affäre mit der Ehefrau seines Chefs? Wie lang ist das schon gegangen?« »Vielleicht ein halbes Jahr, ich möchte bloß wissn, was er an der gefunden hat, die is fünfzehn Jahre älter wie ich und greislich.« Vor zwei Wochen kam Anna Gernstl hinter die Affäre ihres Mannes. »Ich hab ihm ein Ultimatum gestellt, entweder beendest du des Techtelmechtel oder du fliegst hier raus!« »Wem gehört denn das Haus hier?«, will Franzi wissen. Anna Gernstl gibt an, es vor fünfzehn Jahren in einem desolaten Zustand geerbt zu haben. »Im letzten Jahr haben wir dermaßen viel Geld reingsteckt.« »Und woher hatten Sie das ganze Geld?«, hakt

Franzi nach. »Mein Mann hat ja ganz gut verdient beim Meierhofer, der hat Tag und Nacht geschuftet wie ein Tier für den Laden, ich hab ja nur so einen Minijob in einer Gärtnerei.« Franzi versucht jetzt bei folgender Frage besonders sensibel zu sein: »Glauben Sie, dass Ihr Mann die Affäre mit Eva Meierhofer noch vor seinem Tod beendet hat?« Anna Gernstl nickt. »Vor ein paar Tagen hat er ihr angeblich den Laufpass gegeben.« »Wo waren Sie eigentlich heut früh, nachdem Ihr Mann gegangen ist?« »Ich hab mich noch mal hingelegt wegen meiner Migräne.« Wie zum Beweis ist der Frühstückstisch auch noch nicht abgeräumt. Franzi hindert Frau Gernstl am Aufräumen, alles soll so bleiben, wie es ist. »Gleich kommen Kollegen von der Spurensicherung vorbei, die nehmen auch noch Fingerabdrücke.« Anna Gernstl ist entsetzt. »Sie glauben jetzt aber nicht, dass ich …?« »Reine Routine«, beruhigt sie Franzi. »Ich war's nicht! Ich hab meinen Mann geliebt. Liebe ist doch kein Motiv!«, schreit Anna Gernstl auf einmal los. »Sie halten sich bittschön trotzdem für weitere Fragen von uns bereit.«

Franzi verabschiedet sich und verlässt das Haus. Sie weiß, Liebe ist ein Motiv.

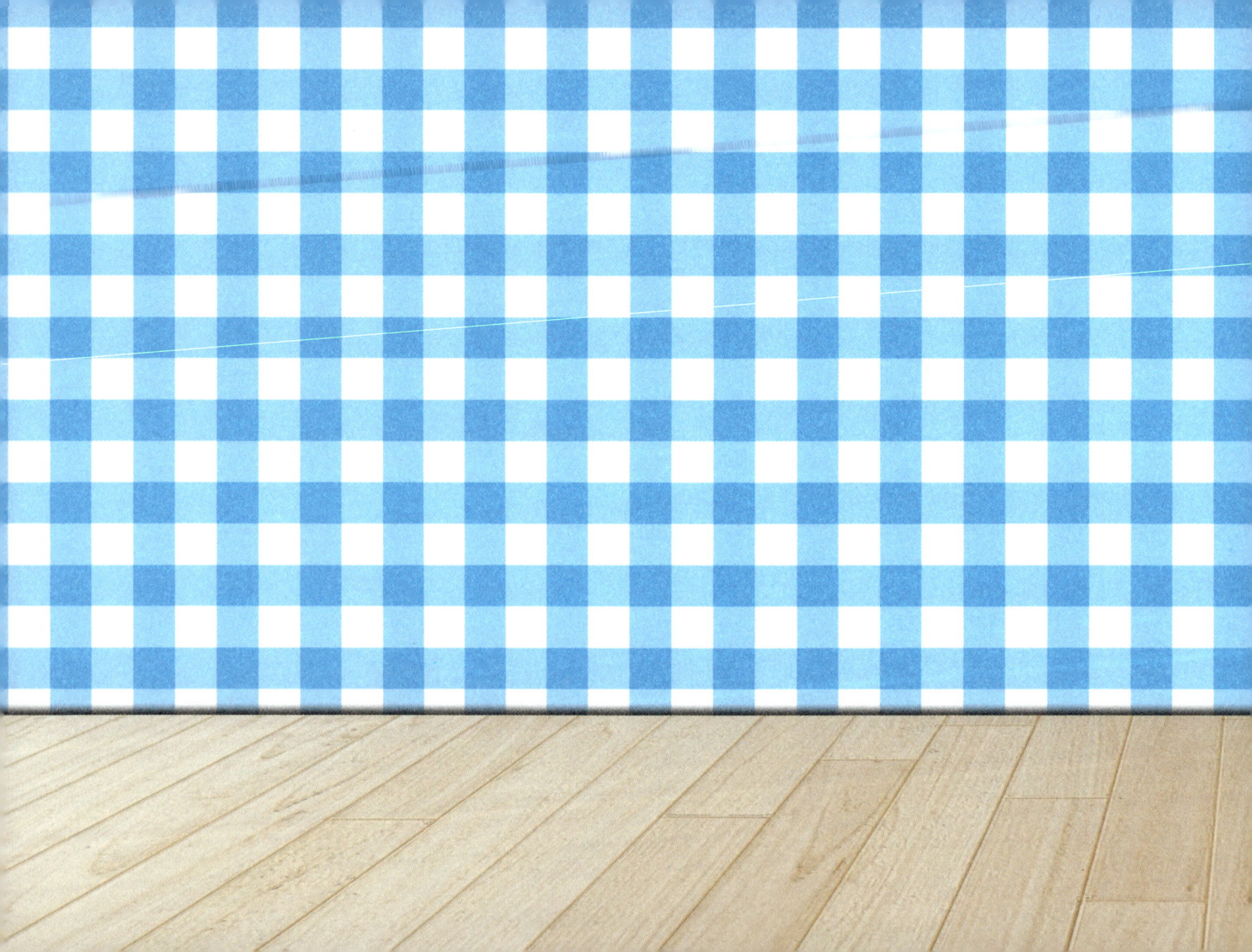

11. DEZEMBER

Als Franzi das Kommissariat in Landsberg am Lech betritt, steigt ihr ein unangenehmer, undefinierbarer Geruch in die Nase. Sie geht ins Büro. Hagen hat verschiedene Papiere und Kontoauszüge vor sich ausgebreitet und sitzt am runden Tisch. Darauf steht eine Schale, gefüllt mit Äpfeln. »Die können eigentlich nicht so stinken«, denkt Franzi. »Grüß dich, Lust auf einen Geflammten Kardinal?« Hagen schiebt Franzi die Schale hin. »Nein danke, bin nicht so der Obsttyp.« Franzi weiß, dass es eigentlich gesund wäre, und ihrer Figur hätte es sicherlich auch nicht geschadet, aber die einzigen Früchte, die sie hin und wieder zu sich nimmt, sind Bananen.

»Was muffelt hier eigentlich so komisch?«, will Franzi wissen. »Mistral macht Mittag«, klärt Hagen sie auf. Unter ihrem Schreibtisch sitzt Hagens Hund und schlabbert eine braune, schleimige Masse aus einem Napf. »Ist vegan.« Hagen lächelt und steckt sich eine Apfelspalte in den Mund. Franzi kann es nicht glauben. »Du ernährst deinen Hund vegan?« Hagen erklärt ihr, dass sowohl er als auch sein Hund seit vielen Jahren vegan leben. »Viele Menschen denken, ich bin irre. Sie können sich nicht vorstellen, dass das bei Hunden funktioniert, aber es klappt hervorragend.« Franzi blickt die beiden an und denkt: »Der ist irre, und das funktioniert nicht.«

Frau Hübner, die das Gespräch ebenfalls mitbekommen hat, steht hinter Hagen. Sie verdreht die Augen und macht mit der rechten Hand eine Scheibenwischer-Geste. Franzi will von Frau Hübner wissen, ob sie schon was herausgefunden hat bezüglich des Mordfalls. »Es liegt kein Ehevertrag vom Ehepaar Gernstl vor, Testament ist auch keins hinterlassen worden.« Bei einer Scheidung hätte demnach jeder die Hälfte des Vermögens bekommen. »Wollte sich denn jemand scheiden lassen?«, will Hagen wissen. Franzi klärt ihn auf: »Angeblich hat unser Opfer im letzten Jahr ein Techtelmechtel mit der Frau vom Meierhofer gehabt, aber laut Anna Gernstl soll auch schon wieder alles vorbei sein.« Hagen Asmus richtet sich auf. »Dann hätte dieser Mario Meierhofer ja ebenfalls ein Motiv, wenn seine Frau ihn mit dem Opfer betrogen hat.« Franzi nickt. »Kann mir nicht vorstellen, dass der seinen Kollegen umbringt. Ist aber ein reines Bauchgefühl.« »Wenn dich das mal nicht täuscht«, so Hagen. Er hat kurz vor Franzis Eintreffen einen Anruf von der KTU erhalten. »Der Apfel von Jakob Gernstl wurde übrigens tatsächlich mit Parathion manipuliert.« »Was ist mit den anderen Äpfeln, die der Krampus verteilt hat? Sind die auch vergiftet worden?«, will Franzi wissen. »Wie es momentan aussieht, nein. Dieser Schedlbauer wusste gleich, dass es sich bei dem Apfel aus dem Weidenkorb um die Sorte Braeburn handelt. Außerdem war er sich sicher, dass die hier in der Gegend keiner anbaut, sondern dass die Äpfel aus dem Supermarkt sind. Folglich hat unsere Mörderin oder der Mörder sie vor der Tat gekauft.«

Und noch was Interessantes hat Hagen herausgefunden. Er zeigt auf die Kontoauszüge, die vor ihm auf dem Tisch verteilt liegen. Mit einem Neonmarker hat er diverse Kontoeingänge mar-kiert. »In den letzten Jahren hat Jakob Gernstl 2000 Euro im Monat verdient und im auslaufenden Kalenderjahr hat sich sein Gehalt plötzlich verdoppelt.« Franzi wird jetzt auch klar, warum Anna und Jakob Gernstl in letzter Zeit ihr Haus so aufwendig renovieren konnten. Hagen wundert sich: »Aber warum hat Jakob Gernstl überhaupt eine so saftige Gehaltserhöhung vom Meierhofer bekommen? Irgendwie ist das doch der blanke Hohn. Mit dem Geld hat Gernstl dann die Ehefrau seines Chefs verwöhnt.«

Die Aussage von Anna Gernstl, dass sich ihr Ehemann bereits letzte Woche von Eva Meierhofer getrennt hat, passt wiederum nicht mit der Rechnung aus dem Luxushotel in Starnberg zusammen. Franzi gibt zu bedenken: »Aber mit wem soll das Opfer denn sonst vor ein paar Tagen im Hotel abgestiegen sein?« Die Cops fahren zum Wohnhaus der Meierhofers. Sie wollen mit der Geliebten des Opfers – Eva Meierhofer – sprechen.

Die Cops stehen vor einem imposanten Anwesen, wieder hat man vom Grundstück aus einen sagenhaften Blick auf die bayerischen Bilderbuchberge. Die morgendlichen Regenwolken haben sich verzogen und die Berge sind jetzt zum Greifen nah. Hagen Asmus wirkt erschöpft. »Hab Kopfweh, aber das wird schon wieder, liegt am Föhn.« »Oder am Unterzucker«, antwortet Franzi und hält ihm eine Tüte mit Gummibärchen hin. Hagen Asmus lehnt ab. »Nein danke, die sind bestimmt mit Gelatine.«

Der riesige Bungalow wirkt klotzig und in die Jahre gekommen. Das Grundstück ist zwar nicht in Seelage, aber bestimmt ein paar Millionen wert. »Irgendwas hab' ich in meinem Leben falsch gemacht«, denkt sich Franzi, als sie auf den drückt. Eva Meierhofer öffnet den Cops die Tür. Dicke Tränen rollen über ihre Wangen. Ja, Anna Gernstl hatte recht, sie ist um einiges älter als sie, etwa Ende vierzig, aber »greislich« ist sie ganz bestimmt nicht. Im Gegenteil, die Geliebte des Opfers ist wesentlich attraktiver als Anna Gernstl. Groß, schlank, gebräunt, sie hat ihr brünettes Haar zu einem kurzen Pferdeschwanz gebunden und trägt einen mattblauen Seidenanzug. »Kommen Sie rein, ich habe schon mit Ihnen gerechnet.«

»Sie und Jakob Gernstl hatten eine Affäre.« Franzi fällt sofort mit der Tür ins Haus. Eva Meierhofer nickt und schluchzt dann laut auf. Sie sitzt auf einem schicken schwarzen Samtsofa. Auf ihrem Schoß liegt eine weiße Angorakatze, die Hagen anfaucht. Anscheinend riecht die Mieze Mistral, der im Auto auf sein Herrchen wartet. »Es war mehr als eine harmlose Affäre, wir haben uns geliebt«, bringt Eva Meierhofer hervor. Franzi will von ihr wissen, warum sich Gernstl dann letzte Woche von ihr getrennt hat. »Unsinn! Wir haben uns nicht getrennt. Von wem haben Sie denn das?« »Von seiner Frau, der Anna Gernstl«, kontert Franzi. »Reines Wunschdenken, der Jakob hatte mir sogar eine gemeinsame Zukunft versprochen, er wollte sich von Anna scheiden lassen.«

»Ihr Liebhaber hat sie mit dem großzügigen Gehalt Ihres Ehemanns verwöhnt«, konfrontiert sie nun Hagen Asmus. Eva Meierhofer zuckt mit den Schultern. Asmus bohrt weiter nach. »Wissen Sie, warum das Gehalt von Jakob Gernstl sich im letzten Jahr verdoppelt hat?« »Mein Mann hat Jakob am Umsatz beteiligt, er ist immer ein fairer Chef gewesen.« »Wann haben Sie Jakob Gernstl zum letzten Mal gesehen?«, will Hagen Asmus wissen. »Vor drei Tagen, wir haben uns heimlich im Schlosshotel am Starnberger See getroffen. Bis bald, mein Schatz, hat

er noch gesagt.« Eva Meierhofer schluchzt erneut laut auf. »Und wo waren Sie heute früh zwischen acht und zehn Uhr?«, will Franzi jetzt wissen. »Um acht war ich kurz beim Christbaumverkauf im Wald und hab Äpfel ins Büro gebracht.« »Braeburn Äpfel?!«, entfährt es Hagen Asmus. »Ja genau, die hab ich vorher im Supermarkt gekauft. Der Herr Schedlbauer hatte sich ja krankgemeldet, und der Jakob wollte sich um einen Ersatz kümmern, der die Äpfel verteilt.« Franzi mischt sich jetzt ein: »Wissen Sie zufällig, wer die Äpfel dann als Krampus verkleidet verteilt hat?« Eva Meierhofer zuckt erneut mit den Schultern. Franzi ist wütend und wird nun laut. »Angeblich weiß keiner was, ist schon alles sehr seltsam.« »Haben Sie Jakob Gernstl denn vor Ort im Wald noch mal gesehen?«, will Hagen Asmus jetzt wissen. »Ich hab Ihnen doch schon gesagt, dass ich ihn zuletzt im Schlosshotel gesehen hab. Vor einer Stunde hat mich dann mein Mann angerufen und mir mitgeteilt, dass Jakob tot ist.«

Franzi schaut Eva Meierhofer tief in die Augen. »Wann haben Sie dann das Gelände wieder verlassen?« »Kurz nach acht bin ich los und nach Landsberg reingefahren, ich war mit einer Freundin frühstücken im Café Likka unten am Lech. Und jetzt möchte ich gerne allein sein.« Hagen Asmus verlangt noch den Namen und die Adresse der Freundin. »Danke, das war's dann«, sagt er. Eva Meierhofer hält die Cops auf, bevor sie das Haus verlassen: »Erzählen Sie meinem Mann bitte nichts von der Affäre.« Dieses Mal zuckt Franzi mit den Schultern und folgt Hagen nach draußen.

Vor dem roten Fiat 500 versammelt sich eine kleine Menschenmenge. Mistral sitzt auf dem Beifahrersitz und heult jämmerlich. »Das ist Tierquälerei! Der Hund kann ersticken!«, schreit eine alte Dame und ein junger Mann will gerade die Tiernotrettung anrufen. »Quatsch! Ich habe extra das Fenster einen Spalt offen gelassen, weg da!« Hagen Asmus öffnet die Autotür. Mistral springt aus dem Auto und markiert sofort den Gartenzaun der Meierhofers.

In der Zwischenzeit telefoniert Franzi mit ihrer Mutter Traudl. »Wann kummst denn endlich hoam? Mia wartn auf dich!«, schimpft sie ins Telefon. »Wenn wir den Mordfall gelöst haben oder wenn hier Feierabend ist, servus Mama.« Franzi beendet das Telefonat.

»Haust du sofort ab, scheiß Viech, bieselt da an meinen Gartenzaun!«, schreit plötzlich jemand. Die beiden Cops haben Mario Meierhofer gar nicht kommen gesehen.

13. DEZEMBER

Mario Meierhofer entschuldigt sich bei Hagen Asmus. »I wollt Ihren Köter net so anpfeifen, abor letzto Woch hat der Nachbarshund auch schon sein großes Geschäft in unserm Vorgarten erledigt.« Meierhofer wartet gar keine Antwort von Hagen Asmus ab, sondern redet weiter auf ihn ein.

»Mei Frau hat Sie bestimmt gebeten, dass Sie mir nix von ihrem Gschpusi, dem Gernstl, verzählen sollen, hob i recht?« »Sie haben also gewusst, dass Jakob Gernstl und Ihre Frau eine Affäre miteinander hatten?«, fragt Kommissar Asmus nach. Natürlich wusste Mario Meierhofer Bescheid, aber es war ihm egal. »Mei Spatzl hod so vui Affären in die letzten Jahr ghabt, aber sie woaß letztendlich, wo's hinghört.« Mario Meierhofer zwinkert Franzi zu. Die konfrontiert ihn: »Mich würd interessieren, warum sich das Gehalt vom Herrn Gernstl innerhalb des letzten Jahres verdoppelt hat?« Laut Meierhofer gab es im vergangenen Jahr einen regelrechten Boom beim Christbaumverkauf in seinem Wald. »Der Jackl hat einige Überstunden gemacht, ganz Landsberg wollt auf einmal unsre Bio-Bam, nachdem so ein lokaler Fernsehsender über uns berichtet hat.« Mario Meierhofer hat seinen Geschäftspartner Jakob Gernstl am Gewinn beteiligt. »Waren die geschäftlichen Vereinbarungen auch so in den Verträgen verankert?«, hakt Hagen Asmus nach. Mario Meierhofer geht die Fragerei sichtlich auf die Nerven. »Sie reden dermaßen gschwollen daher, der Jackl und i, mia ham des ois per Handschlag geregelt, i muaß jetzt weiter.« Hagen Asmus stoppt ihn. »Ich will jetzt wissen, wer unter diesem verdammten Krampuskostüm gesteckt hat!« Der Kommissar bekommt leichte Schnappatmung, aber Mario Meierhofer reagiert ganz cool. »I hob eich doch schon vorher erklärt, dass der Gernstl des immer organisiert hod. Ein Tipp von mir: Schaut's einfach amoi, mit wem er gestern telefoniert hod.« Hagen Asmus hat sich wieder geerdet. Er wird leicht sarkastisch. »Da wärn wir jetzt nicht draufgekommen. Danke.« Während Mario Meierhofer ins Haus geht, dreht er sich noch mal um. »Nach'm Mittagessen bin i wieder im Wald, ihr no wos braucha dats.« Weg ist er.

★ **13. Dezember** ★

Hagen wendet sich an Franzi: »Könntest du Frau Hübner anrufen und fragen, ob es schon eine Telefonliste vom Opfer gibt? Sie mag mich nicht.« Franzi nickt peinlich berührt. Sie weiß, dass Hagen recht hat. Der fährt fort: »Zudem will ich wissen, ob im vergangenen Jahr wirklich so ein Boom beim Mario Meierhofer stattgefunden hat.« »Ich kümmer mich drum, Hagen.«

Während die Cops zum Auto gehen, gibt der Kommissar zu bedenken: »Vielleicht hatte Eva Meierhofer ja recht und unser Opfer wollte sich tatsächlich scheiden lassen und mit ihr neu durchstarten.« »Dann hätte Anna Gernstl ein saftiges Motiv«, so Franzi. »Bei einer Scheidung hätte sie im Worst Case sogar ihr Haus am See verkaufen müssen.«

Franzi zückt ihr Handy und schaut konzentriert aufs Display. »Was ist los?«, will Hagen wissen. »Ich schau mir grad noch mal den Krampus an. Könnt schon auch eine Frau unter dem Kostüm stecken.« Hagen blickt auf das Foto und nickt. »Aber wenn Eva Meierhofer und Jakob Gernstl ernsthaft vorhatten durchzubrennen, dann wäre das schon ein Motiv für Mario Meierhofer.« Franzi widerspricht ihrem Kollegen: »Die Meierhoferin steht auf Bad Boys und hätte ihren Mann nicht für den Jakob Gernstl verlassen, das wusste er.« »Ich kenne noch jemanden, der auf Bad Boys steht«, kommentiert Hagen Franzis Worte. »Ich habe beobachtet, wie er dich angesehen hat. Du bist ziemlich nervös geworden.« »Ertappt«, denkt sich Franzi.

14. DEZEMBER

»Ich hab in meinem ganzen Leben nur toxische Beziehungen gehabt«, gesteht Franzi ihrem Kollegen Hagen und beißt in ihre Bratwurstsemmel. Im Hintergrund ertönt laut »Jingle Bells«. Hagen, Franzi und Mistral sind auf dem Christkindlmarkt in Landsberg am Lech. Hagen knabbert an einer veganen Waffel mit Puderzucker herum. Mistral knuspert unter dem Tisch einen Veggie-Dog-Stick. Die Verpackung mit den Hundesticks liegt vor Franzi auf dem Stehtisch. *Jetzt neu: Mit Roter Bete, Pastinake und herzhaftem Leberwurst-Salami-Geschmack!* ist darauf zu lesen. »Echt pervers«, denkt Franzi und steckt sich den Rest von ihrer Bratwurst in den Mund.

Hagen will von Franzi wissen, wie sie eine toxische Beziehung definiert. »Man braucht's halt, dass der andere fies zu einem ist. Oder man braucht's nicht, aber arrangiert sich damit.« Nach Franzis Meinung haben sich viele Paare einfach daran gewöhnt, so miteinander umzugehen. Hagen dippt gedankenverloren seinen Finger in die Puderzuckerreste auf seinem Pappteller. Er steckt den Finger in den Mund. »Dann war's bei uns, also bei der Tanja und mir, auch toxisch.« Unter dem Tisch hört man ein hohes, kurzes Bellen. Mistral scheint seinem Herrchen zuzustimmen.

Auf Franzis Handy ploppt eine Kurznachricht auf. *Alibi überprüft. Eva Meierhofer war mit Freundin frühstücken zwischen 8 und 10. Geschäftsberichte von Meierhofer eingetroffen. Telefonliste von Gernstl ist da. Hübner.* Die Sekretärin hat geschrieben. »Eva Meierhofer fällt schon mal als Mörderin flach.« Da ist sich Hagen sicher. Ein paar Fragen sind für Franzi immer noch nicht eindeutig geklärt: »Steckte die Mörderin oder der Mörder unter dem Krampuskostüm? Vielleicht hat auch jemand anders den Apfel vorher manipuliert und userm Krampus untergeschoben?« Hagen schaut sie irritiert an. »Niemals! Sonst wäre der Tod von Jakob Gernstl ja Zufall gewesen. Krampus wusste genau, wem er den Apfel unterjubelt.« Für Hagen ist die Sache klar. »Krampus war die Täterin oder der Täter. Warum sonst wäre sie oder er kurz nach dem Mord spurlos verschwunden? Warum sonst hat er oder sie den Korb mit den Äpfeln im Wald versteckt?«

Hagen Asmus will zurück aufs Kommissariat. »Mich interessieren die Geschäftsberichte vom Christbaumverkauf der letzten Jahre.« Während die Cops und Mistral zu ihren Autos gehen, stöhnt Hagen: »Dieses Zuckerzeug macht überhaupt nicht satt, ich fühl mich total übersäuert.« Auf einmal tut Franzi ihr neuer Kollege ein bisschen leid mit seinen ganzen Entbehrungen, die er sich auferlegt. Sie selbst könnte sich da mal eine Scheibe abschneiden. Was er macht, macht sie zu wenig. Spontan sagt sie: »Ich würd mich freuen, wenn du heute zu uns zum Abendessen kommst, ich sag meiner Mama, sie soll uns was Veganes kochen.« Hagen Asmus wird rot und lächelt. »Da komme ich wirklich gerne.« *Wuff!* Mistral bellt zustimmend.

Oma Traudl hat sich sichtlich Mühe gegeben. Der Tisch ist vorweihnachtlich gedeckt und Hagen und Franzi haben bereits ihre Plätze eingenommen. Auch Franzis Tochter Mia scheint den Schock von heute Morgen gut weggesteckt zu haben. Sie spielt mit Mistral und pfeffert gerade einen Tannenzweig quer durchs Wohnzimmer. Mistral rennt hinterher, schnappt den Zweig und kaut anschließend wie wild darauf herum. Mia greift nach einem neuen Zweig. Franzi ist das gar nicht recht. »Mia, bitte, die Zweige hab ich heut früh extra als Deko mitgenommen.« Mistral knurrt. Franzi gibt nach. »Also gut, den einen Zweig darf er haben, der ist jetzt sowieso schon total zerkaut.«

Franzi wendet sich Hagen zu: »Ich bin vorher noch die Telefonliste vom Gernstl durchgegangen, er hat wohl noch versucht, einen Ersatz zu finden für den Schedlbauer, aber keiner hatte Zeit.« Hagen schüttelt den Kopf: »Mir kommt das Ganze spanisch vor. Ich versteh einfach nicht, dass keiner weiß, wer unter diesem verdammten Kostüm gesteckt hat ...« Oma Traudl fährt abrupt dazwischen: »So, Schluss jetzt! Mia ham jetzt alle Feierabend. Lasst as euch schmeckn und greift's zu!« Traudl stellt eine große Auflaufform duftender Käsespätzle mit Schmelzzwiebeln auf den Tisch. »Und die sind jetzt wirklich vegan?«, fragt Hagen nochmal vorsichtig nach, bevor er sich was nimmt. Traudl versichert ihm hoch und heilig, dass sie da nichts Fleischiges reingetan hat. »Nur a guad's Dinkelmehl, frische Eier und Allgäuer Emmentaler von da Kasalm.« »Eier und Emmentaler? Aber das sind doch tierische Produkte!«, empört sich Hagen. »Ois bio!«, versichert ihm Oma Traudl. Hagen Asmus klärt Oma Traudl auf, dass hier ein großes Missverständnis vorliegt. »Ich und Mistral sind Veganer und nicht Vegetarier. Veganer verzichten ganz auf alle tierischen Produkte, auch auf Milch und Eier.« »Um Gottes willen!«, entfährt es Oma Traudl. »Sogar des Hunderl, wia soll denn des geh, was derf ma denn dann no essn?« Hagen versucht sich zu beherrschen, aber man sieht ihm an, dass er diese Diskussionen schon an die hundert Mal geführt hat. Er kontert ruhig: »Mistral und ich werden sicherlich nicht verhungern. Heutzutage gibt es nämlich sämtliche Ersatzprodukte, die man so gut wie überall kaufen kann.« Bevor Oma Traudl sich weiter echauffieren kann, greift Franzi ein. Sie sucht nach einer Lösung und füllt Hagens Teller erst mal mit einer ordentlichen Portion Salat. Zudem findet sie im Schrank noch einen veganen Brotaufstrich und bestreicht ein Stück Baguette damit.

★ **15. Dezember** ★

Hagen hat in der Zwischenzeit den Napf von Mistral mit veganem Dosenfutter aufgefüllt. »Saulecker!« Mia stopft sich eine große Gabel Käsespätzle in den Mund. »Wenigstens dir schmeckt's, mir san ja alle so froh, dass du no lebst und nix mit deim Apfe war«, kommentiert Oma Traudl den Appetit der Enkelin.

Nach dem Essen verschwindet Hagen auf die Toilette. Oma Traudl holt blitzschnell ein Wiener Würstchen aus dem Kühlschrank. »Da geh her, Mistral! Schnapp dir des Würschtl, bevor dein veganes Herrle wiedakummt!« Mistral bellt hoch und erfreut und schlingt das Würstchen runter. »Mama!«, schimpft Franzi ihre Mutter. Doch schon sitzt Mistral vor dem Kühlschrank und kläfft leicht hauchig. Oma Traudl lässt sich auch sofort erweichen und gibt ihm ein zweites Wienerle. Franzi ist empört, dass ihre Mutter sie, wie so oft, ignoriert und Mia kichert hinter vorgehaltener Hand. Da ertönt die Klospülung. Franzi entreißt Mistral das angefressene Würstchen. Zu spät! Als Hagen das Esszimmer betritt, hängt aus dem Maul von Mistral noch ein Wurstzipfel. »Mistral, aus!«, schreit Hagen hysterisch. Doch Mistral denkt gar nicht dran und schluckt den letzten Rest schnell herunter. Dann macht er ein äußerst verklärtes Hundegesicht. Hagen schaut Traudl streng an. »Jetzt sagen Sie bloß, Sie haben meinem Hund Fleisch gegeben?« Die verteidigt sich. »Des arme Hunderl hat so an Hunger ghabt, und gschmeckt hat's ihm auch, des Wienerwürschtl.« Franzi schweigt und Mia lässt sich weiterhin die Käsespätzle schmecken. »Ist besser wie Kino«, sagt sie schmatzend. »Vorstellung beendet!«, ruft Hagen empört in die Runde. Er pfeift Mistral unter dem Tisch hervor und verabschiedet sich mit den Worten: »Wenn er kotzt, seid ihr schuld!«

16. DEZEMBER

Franzi sitzt am Küchentisch und surft im Internet. Sie ist auf der Suche nach einem Last-minute-Weihnachtsgeschenk für Mia. Last-minute-Geschenke sind immer teuer, weil der verzweifelte Suchende keine Zeit mehr hat, ans Budget zu denken. Oma Traudl bringt währenddessen Mia ins Bett.

»Bingo! Das ist es!«, denkt Franzi. Auf dem Display ihres Laptops taucht ein Holzpony auf. Darunter steht in großen pinkfarbenen Buchstaben: *In Originalgröße, zum Striegeln und Liebhaben, mit Sattel und Zubehör. Erfüllt jeden Mädchentraum.* Das Problem, der Traum kostet 269 Euro – ohne Zubehör. Ohne lange nachzudenken, bestellt Franzi das Pony – mit Zubehör, per Express. Während Franzi noch ihre Kreditkartendaten eingibt, steht ihre Mutter Traudl unbemerkt hinter ihr. »Sapperlott! Die Konsumwelt lebt vom schlechtn Gwissen der Mamas und Papas auf diesem Planeten.« Dann schiebt Traudl noch hinterher, dass sie bereits rechtzeitig im Herbst ein Buch und ein Puzzle für die Enkelin gekauft hätte. »Und für di hob i aa was Schöns.« Franzi ist genervt. »Mama, wir haben ausgemacht, dass wir uns nix schenken.« Traudl schaut sie überlegen an. »Naa, des war alloa dei Idee, dass du mir nix schenken wuillst.« Franzi knallt ihren Laptop zu und verlässt den Raum. Traudl ruft ihr noch hinterher: »Dieser neue vegane Polizist dat übrigens guad zu dir passen, der is aa dauernd eingschnappt.«

Franzi sitzt im Schlafzimmer auf ihrem Bett. Auf dem Nachtkästchen steht ein Glas Grappa. In ihrem Mund zergeht teure Bitterschokolade aus ihrem Lieblingsladen *Gönndirwas*. Grappa und Schokolade, das beruhigt Franzi in solchen Momenten. Aber es gibt noch was anderes, was Franzi hin und wieder so richtig runterbringt: Exfreunde googeln. Und zwar Männer, die früher nicht besonders nett zu ihr waren und im Alter einsam, erfolglos und hässlich wurden. Sie hat schon einen gefunden – Thorsten –, mit dem war sie mal vor 20 Jahren zusammen. Sie erinnert sich noch daran, wie er eines Abends auf dem Münchner Filmfest zu ihr sagte: »Dieses Trägerkleid steht dir irgendwie nicht, deine

Oberarme haben so was Speckiges darin.« Weinend war sie an diesem besagten Abend nach Hause gelaufen und hat die Koffer gepackt. Und genau dieser fiese Thorsten hat jetzt eine Glatze, ist fett und postet Fotos im Fußballtrikot aus einer Bierkneipe. »Single« steht in seinem Profil. »Klar, den will keine mehr«, denkt Franzi schadenfroh.

Die Tür geht auf und Traudl steckt den Kopf rein: »I geh jetzt ins Bett, schlaf guad. Die Mia hod übrigens vorher beim Gutenachtbusserl zum Weinen angfangen, weil's dieses Jahr nur a paar Äst gibt und koan Christbam.« *Peng!* Tür zu.

Franzi scrollt die Trefferliste von ihrem Ex Thorsten weiter und kommt auf ein Berufsportal. Thorsten ist seit einem Jahr Sachbearbeiter im Arbeitsamt Starnberg. Eigentlich wollte er immer Produzent beim Film werden. Franzi kann sich ein fieses stummes Lachen nicht verkneifen. »Darauf einen Grappa!«, denkt sie und füllt ihr Glas.

★ **16. Dezember** ★

17. DEZEMBER

Heute ist der 24. Dezember. Franzi sitzt in aller Früh in ihrem Opel Kadett und braust über die Landstraße zu Mario Meierhofers Christbaumverkauf. Es ist noch stockdunkel, ein Graupelschauer patscht an die Windschutzscheibe. »Eventuell verkauft mir der Chef ja noch einen Baum«, denkt sie. Franzi trinkt Latte macchiato aus einem Thermobecher. Im Radio läuft der verlogene Hit *All I Want For Christmas Is You* von Mariah Carey. Sie konnte das Lied noch nie leiden, deshalb macht sie auch das Radio aus.

Sexbomb, sexbomb, you're my sexbomb … Hagen ruft an. Noch ehe sich Franzi für den gestrigen Abend entschuldigen kann, legt er los: »Mistral hat die ganze Nacht gekotzt! Wir sind noch in der Tierklinik.« Er klingt verzweifelt, aber nicht vorwurfsvoll. Aus Franzi sprudelt es nur so raus. »Mir tut des alles so leid, ich hätt doch dem Mistral nie und nimmer so ein Würschtl gegeben, meine Mama ist halt eine wahnsinnig übergriffige Person und ignoriert andere Haltungen …« Hagen stoppt Franzi. »Das Würstchen war wahrscheinlich gar nicht schuld an der Übelkeit. Die im Labor machen gerade eine Analyse vom Erbrochenen.« Hagen kann sich beim besten Willen nicht erklären, was es mit der Kotzerei von Mistral auf sich hat. »Ich bleib auf alle Fälle erst mal hier in der Tierklinik, bis er über den Berg ist.« »Freilich, bis später, gute Besserung, wir sehen uns dann auf dem Kommissariat.« Franzi will das Telefonat beenden. Doch Hagen hat noch eine Neuigkeit. Er hat eine Nachtschicht in der Tierklinik eingelegt und sich die Geschäftsunterlagen der letzten Jahre vom Christbaumverkauf Meierhofer vorgenommen. »Dieser große Boom, von dem Mario Meierhofer sprach, hat bereits vor fünf Jahren stattgefunden. Seitdem ist er immer auf demselben hohen Niveau.« »Was?«, wundert sich Franzi. »Mario Meierhofer hat doch behauptet, der Boom hätte im letzten Jahr stattgefunden, und deswegen auch die Gehaltserhöhung vom Jakob Gernstl.« »Der Meierhofer hat uns dreist angelogen«, resümiert Hagen. Franzi teilt Hagen mit, dass sie sowieso gerade auf dem Weg zu Mario Meierhofer sei, um noch einen Christbaum zu kaufen. »Ich werde ihn mal drauf ansprechen.« Hagen ist das gar nicht recht, dass sie ohne Begleitung in den Wald zu Meierhofer fährt. »Keine Angst, ich komm schon zurecht, bis später.« Mit diesen Worten beendet Franzi das Telefonat.

Sie ist immer noch fest davon überzeugt, dass Mario Meierhofer nichts mit dem Mord zu tun hat.

★ **17. Dezember** ★

18. DEZEMBER

Franzi und Mario Meierhofer laufen immer tiefer in den Wald hinein. Um halb acht in der Früh ist es um diese Jahreszeit noch ziemlich dunkel. Außerdem hat es angefangen zu schneien. Für Franzi will Meierhofer eine besonders schöne, kleine Tanne schlagen. Er hat eine Axt dabei, die beim Gehen locker in seiner rechten Hand schwingt. »Normalerweise werdn die erst nächstes Jahr gfällt, aber für die hübsche Kommissarin mach i amoi a Ausnahme.« Mario Meierhofer lächelt Franzi charmant an und legt ihr seinen linken Arm um die Schulter. »Ganz schön übergriffig«, denkt Franzi, aber sie wehrt sich nicht, wird sogar ein bisschen verlegen. Behutsam nimmt sie seinen Arm runter und wird sachlich: »Warum hat der Gernstl im letzten Jahr eine dermaßen saftige Gehaltserhöhung von Ih-nen gekriegt?« Meierhofer schweigt beharrlich. Franzi bohrt weiter: »Wir haben rausgefunden, dass Ihre Bio-Bäume schon seit fünf Jahren boomen und nicht erst seit vorigem Jahr.« Meierhofer fasst Franzi jetzt mit beiden Händen an die Schultern. »Spatzerl, mit meiner Gehaltserhöhung wollt i dem Jackl einfach amoi zoagn, wia wichtig er mir is. Aus, Punkt, basta, frag nicht so viel.« Meierhofer lässt keine Widerrede mehr zu und legt Franzi den Finger zärtlich und bestimmt auf den Mund. Franzi ist total perplex.

Mario Meierhofer zeigt auf eine kleine, gut gewachsene Blautanne. »Was sagst zu dem Bam?« Franzi nickt. Meierhofer legt die Axt ab und kommt Franzi gefährlich nahe. »So a Frau wie du würd mir gfalln, des sag i dir ganz ehrlich.« Franzi wird das alles zu viel. Hat sie Meierhofer vielleicht auf irgendeine Weise signalisiert, dass auch sie ihn anziehend findet? Sie steht tatsächlich auf Bad Boys, so viel ist klar. Franzi ist durcheinander, fühlt sich überfordert. »Gibt's hier irgendwo eine Toilette?«, fragt sie. »Da drüben is a Plumpsklo.«

Franzi macht sich auf den Weg zum Plumpsklo, das keine 50 Meter entfernt liegt. Im Gehen hört sie, wie Mario Meierhofer mit der Axt auf den Stamm der Tanne einschlägt.

Franzi zieht die Türe des Plumpsklos zu. Komischerweise riecht es kein bisschen unangenehm. »Wahrscheinlich ist das Klo lange Zeit nicht benutzt worden«, denkt sie. Sie setzt sich auf den Holzklodeckel und versucht, wieder klar im Kopf zu werden. Plötzlich entdeckt sie neben sich weiße Fellreste. Sie haben sich im faserigen Holz verfangen. Franzi wird heiß und kalt gleichzeitig. Sie reißt den Klodeckel des Plumpsklos auf, schaut hinab, ihre Vermutung bestätigt sich. Dort unten befinden sich hauptsächlich Zweige und Blätter, aber bei genauerem Hinsehen kann Franzi auch ein Horn unter den Blättern entdecken. »Das Krampuskostüm!«, entfährt es ihr leise. Jemand hat es im Plumpsklo entsorgt und anschließend eine Ladung Zweige drübergeworfen.

»Vielleicht hat Mario Meierhofer ja doch was mit dem Mord zu tun«, denkt Franzi. Ein Gefühl der Übelkeit überkommt sie. Sie wird kreidebleich. Hagen hat sie noch gewarnt, alleine in den Wald zu Meierhofer zu fahren. Sie sucht verzweifelt nach ihrem Handy. Doch das Handy ist in ihrem Rucksack, und der liegt unter einem Baum ganz in der Nähe von Mario Meierhofer.

★ **18. Dezember** ★

19. DEZEMBER

Mistral ist erschöpft und schläft auf einer Kuscheldecke unter dem Schreibtisch von Hagen Asmus. Frau Hübner kommt ins Büro von den Cops und legt Unterlagen auf den Tisch. »Das sind die Stunden, die Jakob Gernstl in den letzten Jahren abgerechnet hat, und das hier sind die Stunden von dem laufenden Kalenderjahr.« Hagen Asmus wirft einen Blick darauf und erkennt sofort, dass Jakob Gernstl seit Jahren die gleiche Stundenanzahl arbeitet. »Komisch, Mario Meierhofer hat behauptet, dass das Opfer in diesem Jahr sehr viele Überstunden gemacht hat.« »Dann hat er gelogen«, stellt Frau Hübner nüchtern fest und verlässt das Zimmer.

»Warum hat Mario Meierhofer Jakob Gernstl dann das Doppelte im letzten Kalenderjahr gezahlt?«, überlegt Hagen Asmus. Ihm wird jetzt endgültig klar, dass hier was nicht stimmt. Er will Franzi anrufen, doch in dem Moment, als er sein Handy aus der Tasche holt, vibriert es auch schon. Der Tierarzt aus der Tierklinik ist dran: »Neuigkeiten, das Würstchen, das ihr Hund gefressen hat, ist auf jeden Fall nicht schuld an der Übelkeit, es sei denn, jemand hat es vorher absichtlich mit dem Gift Parathion behandelt.« Der Tierarzt redet weiter, dass es sich hierbei um ein Pflanzenschutzmittel handelt, aber Hagen Asmus hört gar nicht mehr richtig hin. »Parathion! Mit diesem Gift wurde Gernstl ermordet!«, schießt es ihm durch den Kopf. Noch bevor Hagen Asmus weitere Rückfragen stellen kann, fährt der Tierarzt fort: »Wir haben im Erbrochenen auch Tannenzweigreste gefunden. Hat Ihr Hund denn beim Spaziergang an einem Baum oder Strauch geknabbert?« Hagen wird jetzt heiß und kalt gleichzeitig. »Die Zweige! Mistral spielte doch gestern Abend mit Mia und kaute auf einem der Zweige herum, die Franzi bei Mario Meierhofer gesammelt hatte«, denkt er. »Tut mir leid, Herr Doktor, ich muss jetzt ganz dringend Schluss machen.« Hagen legt auf.

Er gibt *Parathion, E 605, Christbäume behandeln* in seine Suchmaschine auf dem Laptop ein. Treffer! Hier steht es schwarz auf weiß: *Tester haben bei 13 von 17 Bäumen Pestizide nachweisen können. Sogar illegale Insektizide wie das Schwiegermuttergift Parathion wurden nachgewiesen. Wer auf Nummer sicher gehen will, sollte sich einen Bio-Baum leisten.* Hagen hat genug gelesen. Ihm wird jetzt endgültig klar: »Mario Meierhofer muss was mit dem Mord zu tun haben.« Er bekommt Panik, weiß er doch, dass die Kollegin alleine zu Meierhofer in den Wald gefahren ist. Er leitet sofort eine Hausdurchsuchung bei den Meierhofers ein. Danach ruft er Franzi an, will sie warnen. Es läutet. »Geh ran!« Mailbox. Hagen legt auf und schreibt Franzi eine Kurznachricht.

Franzi schaut aus dem herzförmigen Guckloch des Plumpsklos und sieht, wie Mario Meierhofer in ihrem Rucksack wühlt. Er zieht ihr Handy aus einem Seitenfach. Meierhofer sieht auf dem Display eine Nachricht aufploppen: *Der Wald vom Meierhofer ist mit Parathion verseucht. Mario Meierhofer muss was mit dem Mord zu tun haben. Hagen.*

Hagen bekommt die Bestätigung, dass Franzi die Nachricht gelesen hat. Warum geht sie dann nicht ans Handy? Hagen ruft ein zweites Mal an. *Sexbomb, sexbomb, you're my sexbomb* schallt es durch den Wald. *Hagen Asmus* steht auf dem Display. Mario Meierhofer drückt den Anrufer weg.

Hagen wird klar: »Scheiße! Irgendwas stimmt da nicht.« Er schnappt sich Mistral und will so schnell wie möglich zu Franzi in den Wald.

★ **19. Dezember** ★

Mario Meierhofer liest eine weitere Kurznachricht von Hagen Asmus, die an Franzi gerichtet ist: *Ich bin unterwegs in den Wald, die Kollegen sind informiert. Lass' dir nichts anmerken. Hagen.*

Franzi schaut durch das Guckloch des Plumpsklos und beobachtet Meierhofer. Er hat immer noch ihr Handy in der Hand. »Scheiße!«, schreit er durch den Wald und pfeffert es weit weg ins Dickicht. Meierhofer bückt sich und greift nach seiner Axt. Wie wild schlägt er damit auf einen Baumstamm ein. »Scheiße«, denkt auch Franzi. Sie hat auf einmal das Gefühl, die Hauptrolle in einem Horrorfilm zu spielen. Die Fortsetzung von »Shining« oder so was Ähnliches. »Wir haben doch heute Heiligabend, Mia wartet auf mich, das kann's doch jetzt nicht gewesen sein«, denkt Franzi. Sie öffnet vorsichtig die Türe des Plumpsklos und schiebt sich unbemerkt nach draußen. Sie versteckt sich hinter einer großen Tanne, presst sich gegen den Baumstamm, wagt kaum zu atmen. Sie hört keine Schläge mehr. Um sie herum herrscht vollkommene Stille. Wo ist Meierhofer jetzt? »Bist du no da drin?«, schreit er. Meierhofer geht auf das Plumpsklo zu und reißt die Türe auf. »Wenn i di erwisch!«, grölt er wutentbrannt. Franzi fängt an zu rennen. Sie rennt und rennt und rennt. Überall sind nur Bäume und Gestrüpp. Sie bleibt mit ihrem langen roten Schal an einem Dornenbusch hängen, reißt sich aber wieder los. Sie hat keine Ah-

nung, wo Meierhofer jetzt ist. Sie überlegt: »Soll ich um Hilfe schreien? Aber wer, außer Meierhofer, soll mich hier hören?« Sie beschließt, nicht zu schreien. Sie will diesem unheimlichen Wald entkommen. »Da vorne wird's lichter«, denkt sie. Franzi kämpft sich durch eine verwilderte Hecke, robbt auf dem Bauch durch ein Schlupfloch. Mittlerweile hat sie überall Schürfwunden und Kratzer, aber sie spürt nichts, merkt es nicht mal, dass sie verletzt ist. Ein Zaun! Hinter der Hecke ist ein Zaun, ein Drahtzaun. Franzi blickt nach oben, der Zaun ist hoch, zirka drei Meter, aber immerhin ist kein Stacheldraht obendrauf. Sie versucht hochzuklettern, quetscht ihre Stiefel zwischen die Lücken des Drahtes. Ihre Hände schmerzen bei jedem Zug nach oben. Stück für Stück arbeitet sie sich hoch. »Sportlich, sportlich, du gfallst ma imma besser!« Sie schaut nach unten. Dort steht Mario Meierhofer – auf ihrer Seite. »Komm runter, Spatzl, i dua da nix, mia müssen uns amoi in Ruhe unterhalten.«

21. DEZEMBER

Franzi sitzt auf dem Waldboden, neben ihr, ganz nah, Mario Meierhofer. Beide lehnen am Drahtzaun. Sie zittert, ist völlig durch den Wind, zumal sie noch nicht mal gefrühstückt hat. Sitzt sie tatsächlich neben einem Mörder? Beide sagen kein Wort.

»I hob dem Jackl letztes Jahr so viel Geld zahlt, damit er sein Maul hält.« »Ich verstehe«, besänftigt ihn Franzi. Gerade noch fällt ihr rechtzeitig ein, dass ein bekannter Psychologe mal in einem Interview gesagt hat, dass die beiden Wörter »ich verstehe« beruhigend auf männliche Straftäter wirken sollen. »Nix verstehst du!«, schreit Meierhofer plötzlich los. Jetzt reicht es Franzi. Auch sie schreit: »Natürlich versteh ich nix, ich hab doch gar keinen Schimmer, was mit dir und dem Gernstl los war!« Meierhofer schaut Franzi fassungslos an, wird plötzlich ruhiger und fängt an zu reden. »Ich hätte den Laden hier zumachen können, wenn der Jackl alles der Zeitung gesteckt hätte.« Franzi fängt sich wieder. »Was wollt er denn der Presse so Schlimmes erzählen?« Mario Meierhofer gesteht ihr, dass er seine Christbäume seit Jahren mit Parathion behandelt hat. »Des is a Insektenschutzmittel, eigentlich verboten«. Die Nachfrage nach den Bio-Christbäumen wäre in den letzten Jahren einfach zu groß gewesen. »So schnell wachst doch koa normaler Baum.« Franzi versucht, ruhig zu bleiben. »Und der Jakob Gernstl ist dir draufgekommen und hat dich erpresst, ist ganz schön scheiße.« Jetzt hat sie endlich den richtigen Ton gefunden. Ihre Worte zeigen Wirkung. Mario Meierhofer nickt. »Du warst der Krampus gestern in der Früh, stimmt's?« Franzi will jetzt endlich ein Geständnis. Mario Meierhofer lächelt und nimmt das Gesicht von Fran-

zi zwischen seine kräftigen Männerhände. Das tut er nicht brutal, sondern eher zärtlich. »Die schlimmen Mädchen straf ich mit der Rute, die braven aber küss ich – auch dich, du Gute.« Mario Meierhofer will Franzi küssen. »Nein, bitte nicht!«, stoppt ihn Franzi. Er streichelt ihre Wange, seine Augen werden leicht glasig. Dann sagt er ruhig: »Freilich war i der Krampus, aber eines musst mir glauben: i bin koa Mörder.« Er schaut Franzi lange in die Augen, sie glaubt ihm, und dieses Mal lässt sie den Kuss geschehen. Mario Meierhofer küsst unheimlich zärtlich. Franzi verliert nach und nach jegliches Zeitgefühl. Sie löst sich nur langsam von ihm und flüstert: »Warum hast du uns denn nicht gleich erzählt, dass du der Krampus gewesen bist?« Marios Ton verändert sich schlagartig: »I hob a saftiges Motiv. Koa Sau dat mia glaubn, dass i unschuldig bin.«

Sexbomb, sexbomb, you're my sexbomb tönt es durch den Wald. »Sie muss ganz in der Nähe sein«, flüstert Hagen Asmus den Kollegen zu. Kommissar Asmus hat außer zwei Polizisten, noch die junge Psychologin Dr. Feistl im Schlepptau. »Warum geht sie nicht an ihr Handy, verdammt noch mal«, raunt Hagen ihr zu. Plötzlich hält er sich ganz still. »Pssst!« Auch seine Kollegen machen keinen Mucks. *And baby you can turn me on, baby you can turn me on* schallt es weiter aus dem Dickicht. Hagen steuert auf einen Busch zu und tatsächlich bemerkt er Lichtreflexe auf dem Boden. Das Handy von Franzi hat sich im Geäst verfangen. »Franzi würde ihr Handy niemals einfach so wegwerfen, irgendwas muss passiert sein«, stellt Hagen fest. Er zeigt Mistral das Handy und lässt ihn daran schnuppern. »Los, Mistral, lauf, such die Franzi!«, kommandiert Hagen Asmus seinen Hund. Der jault kurz auf und rennt wie ein Flitzebogen durch den Wald. Von Übelkeit und Vergiftungserscheinungen keine Spur mehr. Dann ist Mistral verschwunden. »Er hat sicher eine Fährte aufgenommen!«, ruft Hagen den Kollegen zu. Auf einmal hören sie ein durchdringendes, lautes, hohes Jaulen. Hagen und seine Kollegen laufen in die Richtung, woher das Jaulen kommt. Mistral sitzt vor einem Dornenbusch und kann sich nicht mehr beruhigen. In den Dornen hängen rote Wollreste. »Franzi war hier, sie ist durchs Gestrüpp gelaufen und hängen geblieben«, kombiniert Hagen schnell. »Mistral, such die Franzi!« Mistral zischt erneut davon und verschwindet im Wald. Nur dieses Mal bleibt er verschwunden. Kein Jaulen. Kein Bellen. Nichts.

Sexbomb, sexbomb … In der Tasche von Hagen Asmus klingelt es. Eine unbekannte Nummer erscheint auf dem Display von Franzis Handy. Hagen geht ran und meldet sich mit einem kurzen, klaren »Ja?« Er hört eine ihm nicht unbekannte Stimme: »Mir drei san gar net weit weg von euch, ihr lasst's jetzt alle Waffen falln und dann kommt's ihr zum Parkplatz, eine falsche Bewegung und dei Kollegin und der Köter san hi.« *Klick!* Aufgelegt. Hagen wird sofort klar. Meierhofer war dran.

Franzi hat in der Zwischenzeit die Anweisung von Mario Meierhofer bekommen, Mistral am Halsband festzuhalten. Mit der Axt in der Hand, bugsiert er Franzi und Mistral durch den Wald zum Parkplatz, der am Eingang des Christbaumverkaufs liegt. Mistral spürt instinktiv die Gefahr und zittert wie Espenlaub. War Franzi tatsächlich zu gutgläubig? Hat ihr Instinkt sie verlassen? Hat Mario Meierhofer Gernstl doch auf dem Gewissen? Mario Meierhofer öffnet die Heckklappe seines Geländewagens. »Rein mit dem Köter!«, faucht er Franzi an. Von Kommissar Asmus und den Kollegen ist noch nichts zu sehen. Drei Streifenwagen blockieren Meierhofers Wagen. Der zündet sich einen Zigarillo an und stellt sich vor seinen Jeep. In der anderen Hand hält er immer noch die Axt. Endlich taucht Hagen Asmus mit den Kollegen auf.

Frau Dr. Feistl geht langsam auf Mario Meierhofer zu. Der greift nach Franzi und hebt die Axt, um seine Überlegenheit zu demonstrieren. »Bitte nehmen Sie die Axt runter«, sagt die Psychologin sanft. »Ich möchte gerne mit Ihnen sprechen.« »Aber i net!«, schreit Mario Meierhofer. »Wo ist Mistral?«, will Hagen Asmus wissen. Ein kurzes Jaulen ertönt aus dem Auto. Das Jaulen klingt nicht glücklich, aber sehr lebendig. Hagen atmet auf und zeigt sich kurz erleichtert. Dr. Feistl versucht es erneut: »Wenn Sie jetzt kooperieren und alles zugeben, dann wirkt sich das Ganze strafmildernd auf Sie aus.« Anscheinend bewirkt die Psychologin mit ihrem Gerede das genaue Gegenteil, denn Meierhofer schreit: »Ihr fahrt jetzt sofort die scheiß Autos weg, sonst gibt's a Unglück!« Dann hält er die Axt an den Hals von Franzi. Die kommentiert das ganz ruhig. »Macht bitte, was er sagt.« Hagen Asmus gibt den Kollegen ein Zeichen, den Weg frei zu machen. »Wo wollen Sie denn mit meinem Hund und der Kollegin hin?«, will Hagen Asmus wissen. »I brauch Zeit, Bedenkzeit!«, antwortet Meierhofer nervös.

Die Kollegen haben mittlerweile den Weg frei gemacht. Mario Meierhofer öffnet die hintere Tür seines Wagens und schiebt Franzi auf die Rückbank. »Wir geben Ihnen hier die Zeit, bitte fahren Sie jetzt nicht weg, das bringt doch nichts«, versucht ihn die Psychologin zu stoppen. Mario Meierhofer dreht sich noch mal um. »Sie haben keinen Beweis, dass ich es gewesen bin.« Hagen Asmus hält ein Blatt Papier hoch, auf dem steht. ICH WILL 300 000 EURO IN BAR UND DEINE EVA LEBENSLANG – DANN HAST DU FÜR IMMER DEINE RUHE. »Diesen Zettel haben wir bei einer Hausdurchsuchung bei Ihnen gefunden, er stammt mit Sicherheit von Jakob Gernstl «, ruft Hagen Asmus ihm zu. »Den Scheißzettel hab ich noch nie in meinem Leben gesehen!«, schreit Mario Meierhofer jetzt zurück. Dabei lässt er kurz die Axt sinken. Die Kollegen nutzen den Augenblick, alles geht blitzschnell. Ein Kollege überwältigt Mario Meierhofer. Handschellen klicken. Die Psychologin wendet sich noch mal an Mario Meierhofer: »Warum geben Sie es nicht einfach zu, dass Sie es waren?« Wie aus dem Nichts taucht plötzlich Eva Meierhofer auf. »Stopp!« Alle Augen sind auf sie gerichtet.

★ 22. Dezember ★

23. DEZEMBER

Eva Meierhofer muss unbemerkt aus dem Büro gekommen sein, das hinter dem dem Parkplatz vom Christbaumverkauf liegt. Sie trägt ein langes, schwarzes, elegantes Kleid und sieht aus wie eine wunderschöne, trauernde Witwe. »Mein Mann kann es nicht zugeben, ich hab den Jakob umgebracht.« Mario Meierhofer sitzt, immer noch in Handschellen, mit weit aufgerissenen Augen auf einer Holzbank vor dem Büro und hört seiner Ehefrau zu.

»Der Jakob und ich, wir wollten nächste Woche durchbrennen. Ich war so verliebt in ihn, wollte aus meiner Ehe ausbrechen, aber der Jackl ist zu weit gegangen.« »Was meinen Sie damit?«, hakt Hagen Asmus nach. Eva Meierhofer lächelt nun sanftmütig. »Er wollte 300 000 Euro Schweigegeld als Startkapital für uns von meinem Mann und mich dazu, sonst würde er der Presse von dem verbotenen Insektizid Parathion erzählen. Den Zettel hab ich gestern früh um sechs aus dem Postkasten genommen, mein Mann hat ihn tatsächlich nie zu Gesicht bekommen.« Hagen Asmus schaut Eva Meierhofer an. Die redet ungeniert weiter: »Vor ein paar Tagen im Hotel wurde mir klar, dass mir Geschenke und Luxus-Wochenenden zu wenig sind. Seine Zärtlichkeiten haben nachgelassen, es ging ihm nicht mehr um uns.« Franzi ist fassungslos. »Und deshalb musste er sterben?« »Ich konnte das meinem Mann doch nicht antun. Mir wurde auf einmal wieder klar, wo ich hingehöre.« „Den Schmarrn hör i mir net länger o!" Mario Meierhofer verschwindet in seinem Büro. Eine Polizistin folgt ihm.

Eva Meierhofer fährt fort: »Ich hab ja nicht ahnen können, dass Mario die Äpfel verteilen wird. Der Jakob hat mir erzählt, er hätte schon einen Stallknecht aus der Nachbarschaft in petto, der für den kranken Schedlbauer einspringt.« »Ach, und dem armen Stallknecht hätten Sie dann den Mord in die Schuhe geschoben!«, fährt Hagen Asmus sie jetzt an. »Hm«, Eva Meierhofer zuckt wieder einmal nur mit den Schultern. »Wie kam der Gernstl dann zu dem vergifteten Apfel?«, fragt Franzi jetzt nach. Eva Meierhofer macht nun ein unschuldiges Gesicht: »Ich hab das Gift in einen Apfel gespritzt und mit einem anderen Apfel in seinem Rucksack vertauscht. Ich wusste, dass Jakob gegen 9 Uhr immer ein zweites Frühstück einnimmt, ein Apfel gehörte immer dazu.« »Ach, und dann waren Sie mit Ihrer Freundin seelenruhig frühstücken?«, will Franzi wissen. »Genau so war es«, antwortet Eva Meierhofer. »Hat Ihr Mann im Nachhinein gewusst, dass Sie den Apfel manipuliert haben?«, hakt Franzi nach. »Vielleicht hat er es geahnt, er hat mich ja im Büro gesehen, wir haben aber nicht darüber geredet.« »Ihnen ist hoffentlich klar, dass Sie dafür auf jeden Fall lebenslänglich bekommen«, resümiert Hagen Asmus.

★ **23. Dezember** ★

Eva Meierhofer wird von einer Kollegin abgeführt und in einen Streifenwagen gesetzt. »Siehst du, mein Bauchgefühl hat mich tatsächlich nicht getäuscht«, triumphiert Franzi. »Der Mario Meierhofer war's nicht.« Hagen wendet sich Franzi zu. »Die Beziehung von den Meierhofers ist ziemlich toxisch, oder?« »Hochgradig toxisch …«, korrigiert ihn Franzi und wirkt sehr nachdenklich. Dann setzt sie sich auf eine Holzbank, die vor dem Büro steht. »Ist was passiert? Geht's dir nicht gut?«, will Hagen wissen. Franzi schüttelt energisch den Kopf und fängt sich wieder. »Wie geht's Mistral eigentlich gesundheitlich?« »Stell dir vor, er hat gar nicht wegen des Würstchens gekotzt, sondern weil er gestern bei dir zu Hause an dem Zweig geknabbert hat, und der war zuvor mit Parathion behandelt worden. Deshalb bin ich ja überhaupt der ganzen Sache auf die Schliche gekommen.« Franzi streichelt Mistral. »Ich kann's nicht glauben. Dann bist du ja der Held in unserm Mordfall. Du hast überlebt und mit deiner Kotzerei den entscheidenden Hinweis gegeben«, stellt Franzi fest. Sie gibt Mistral zur Belohnung einen Veggie-Hundestick.

Franzi ruft ihre Mutter Traudl an. Sie berichtet ihr voller Freude: »Mama, wir haben die Mörderin, ich komm jetzt heim … Okay, Mama, alles klar, servus.« Franzi legt auf.

»Komisch, meine Mama war total nett am Telefon und hat gesagt, dass ich vorsichtig fahren soll, alles wär schon vorbereitet.« Franzi ist verwundert. »Sie will heute Abend vegan für uns alle kochen, auch für dich und Mistral«, gibt sie an Hagen weiter. »Mist, ich hab vergessen, ihr zu sagen, dass sie die vergifteten Zweige wegschmeißen soll!« »Das ist längst erledigt«, beruhigt sie Hagen. Kollegen waren auch schon in der Wohnung und haben sie als Beweismaterial konfisziert. »Ich hab mich übrigens auch entschuldigt bei deiner Mutter, weil ich gestern so einen Aufstand wegen dem Würstchen für Mistral gemacht hab.« Mistral bellt kurz und hoch, als würde er verstehen, um was es geht. »Nach der ganzen Kotzerei, will der sowieso nie wieder ein Würstchen mit Fleisch.« Franzi schaut Hagen skeptisch von der Seite an. Der bemerkt es allerdings nicht. Dann sagt sie: »So viel steht fest, heut Abend feiern wir ein echtes Bioweihnachtsfest mit nachhaltigem Holzpony, veganem Menü und ohne Christbaum. Ist mal ganz was anders«. »Ganz nach meinem Geschmack«, freut sich Hagen.

Erneut gibt Franzis Handy einen Piepston von sich, sie hat eine Kurznachricht erhalten. Sie schaut auf den Absender. Mario Meierhofer hat ihr geschrieben.

★ **23. Dezember** ★

Noch auf dem Parkplatz liest Franzi die Kurznachricht von Mario Meierhofer. *Franzi, den Kuss mit dir werd ich mein Leben lang nicht vergessen. Will dich wiedersehen. Bin noch im Büro bei mir im Wald. Der Mario.* Franzi steigt in ihr Auto ein, ihr Puls rast. Sie liest die Nachricht noch einmal. Dann wieder und wieder. Sie ist total irritiert. Dieser Mann löst etwas in ihr aus, was sie nicht will. Sie verbietet sich jegliches Gefühl für ihn. »Der Typ ist kriminell, er hat jahrelang seinen Wald vergiftet, wahrscheinlich kommt er in den Knast und

seine Frau ist obendrein noch eine Mörderin«, schießt es ihr durch den Kopf. Ein paar Mal atmet sie ein und aus. Ihre Gedanken spielen verrückt. Noch nie im Leben ist sie so geküsst worden. Sie weiß nicht genau, was es war, aber sie hatte das Gefühl, dass Mario Meierhofer sie tief in seine Seele blicken ließ. Wieder schaut sie auf ihr Handy. *Franzi, den Kuss mit dir werd ich mein Leben lang nicht vergessen. Will dich wiedersehen …* Auch sie will ihn wiedersehen. Hätte sie eine Chance mit ihm? Sofort verbietet sie sich diesen Gedanken. Sie versucht, einen kühlen Kopf zu bewahren. »Was ist, wenn Marios Handy konfisziert wird und die Kollegen die

Nachricht lesen?« Erneut blickt sie auf ihr Handy. Doch die Nachricht ist verschwunden. Gelöscht. Sie lässt den Motor an und fährt los. Mario Meierhofer geht ihr nicht aus dem Kopf. In ihrem Bauch kribbelt es, ihr wird fast übel davon. Im Radio läuft wieder einmal der Weihnachtshit von Mariah Carey. Nur dieses Mal schaltet sie nicht aus. Sie dreht das Radio auf volle Lautstärke: *I don´t want a lot for Christmas, there is just one thing I need …* Auf der Landstraße geht es geradeaus nach Hofstetten, rechts geht eine kleine Landstraße weg. Sie führt in den Wald zum Christbaumverkauf. Mariah Carey singt unbeirrt weiter und auch Franzi steigt lauthals mit ein: *All I want for Christmas is you …* Franzi nimmt die Abzweigung zu Mario.

© 2023 arsEdition GmbH, Friedrichstr. 9, D-80801 München · Alle Rechte vorbehalten

Text: Isabella Leicht

Bildnachweis

Covermotiv: www.shutterstock.com: New Africa, Dudarev Mikhail, Monory, 4 Girls 1 Boy, Smit

Innenteil: www.shutterstock.com: Aedka Studio, Aguadeluna, ako photography, Alex Zotov, AlexandrMakedonskiy, Andrey tiyk, Anelina, Atstock Productions, avtk, BergeImLicht, BrAt82, busliq, Cherry b l o s s o m, Dmitry Pistrov, donatas1205, Eric Isselee, etorres, Evgeny Karandaev, Fedorov, Ivan Sergeevich, fewerton, George Dolgikh, Ground Picture, Happy Author, Iva Janezashvili, Katty S, Leigh Prather, Maksim Shmeljov, MaraZe, Master1305, MIA Studio, Mindscape studio, My Sunnyday, MYDAYcontent, nevodka, New Africa, Nutlegal Photographer, P.Burghardt, PavelShynkarou, pmvfoto, Prostock-studio, Roxana Bashyrova, Sergey Peterman, stylefoto24, Svietlieisha Olena, the stock company, topseller, TrapezaStudio, valzan, Vitalina Rybakova, Yury Gulakov, Zerbor

Gestaltung Cover: Grafisches Atelier, arsEdition GmbH · Gestaltung Inhalt: Jutta Gerber

ISBN 978-3-8458-5264-5 · www.arsedition.de